U0905586

紫董轩 著

爱的漂流记事本

DRIFT NOTEBOOK OF LOVE

新世界出版社
NEW WORLD PRESS

图书在版编目(CIP)数据

爱的漂流记事本/紫堇轩著. —北京:新世界出版社,2010.10
ISBN 978-7-5104-1257-8

Ⅰ. ①爱… Ⅱ. ①紫… Ⅲ. ①长篇小说-中国-当代
Ⅳ. ①I247.5

中国版本图书馆 CIP 数据核字(2010)第 177390 号

爱的漂流记事本

作　　者:紫堇轩
责任编辑:熊文霞
责任印制:李一鸣　黄厚清
出版发行:新世界出版社
社　　址:北京西城区百万庄大街 24 号(100037)
发 行 部:(010)6899 5968　(010)6899 8733(传真)
总 编 室:(010)6899 5424　(010)6832 6679(传真)
http://www.nwp.cn
http://www.newworld-press.com
版 权 部:+8610 6899 6306
版权部电子信箱:frank@nwp.com.cn
印　　刷:山东新华印刷厂德州厂
经　　销:新华书店
开　　本:890×1240　1/32
字　　数:120 千字　印张:6.25　插页:2
版　　次:2010 年 10 月第 1 版　2010 年 10 月第 1 次印刷
书　　号:ISBN 978-7-5104-1257-8
定　　价:22.00 元

第一章　遇见一场抹香鲸之海

【我们还有闪闪的梦想】

2010 年,梁恩雅在广州一所一流大学攻读三年级的汉语言文学,刚刚和交往四个月的男友分手。与此同时,她也马上就要和其他同学一样,从邻城的佛山校区搬到本部番禺校区。

于是,当她整理旧物时,发现那些前男友送的旧东西犹如鸡肋:食之无味弃之可惜,留在身边也徒留感伤的记忆。于是用来装饰电脑桌的永不凋零的塑料花送给了老校区的宿管阿姨;水晶音乐盒送给了音乐系的好友李卉晴;然而那枚内环刻着对方名字的银戒指……似乎丢掉了便有点人神共愤了。

怎么办才好呢?梁恩雅思索了许久,突然灵光一现:何不开一家失恋纪念馆呢?把那些泛着回忆光泽的东西锁进透明的玻璃橱柜里,怀念时看一看,或者拿出来嗅一嗅故人的气息,再珍惜现在身边所拥有的一切,其实也是一个不错的选择。逃避回忆的人其实才是真正的傻瓜吧。就像她现在,有太多太满的话想记录下来。不容怠慢。因为这些都是活过的证据。

许多看上去不可思议或者不能实现的愿望,我们可以赋予它们一个看上去更加虚无缥缈的名词:梦想。每一天都有梦想在破灭,然而梦死梦还在。梁恩雅想,就算有一天两手空空一无所有时,还可以对着蓝天白云振臂高呼:“我们还有闪闪的梦想!”

命名为紫薇苑的寝室楼楼下,那些五颜六色的植物在花坛里宛如后宫中的女子般彼此争芳斗艳。那些寂寞又娇美的花朵,是春天遗落的唇片。午后空气微醺。女生折身倚靠在走廊的转角，慵懒的姿态像一只苏格兰折耳猫。

当恩雅兴致勃勃地将这个开店的想法告诉家里人时，父母表现得很不可思议，甚至还有一点点嗤之以鼻，老夫妻有史以来难得的一次默契十足地异口同声道："做这种生意恐怕是比向和尚卖梳子还要难吧！"反而是哥哥梁耀川却在电话那端显得格外欣喜，一直夸奖她遗传了超人的基因才想得出这样的妙招。

他甚至还说："只要向那些参观或者寄存纪念物的顾客收取一点点费用，保证生意会很红火的，现在的小孩子都是为爱而生的。"

哥哥梁耀川从小就是个不折不扣的文字控，现在一家杂志社当编辑。有时候他的执著会让父母觉得是执迷不悟，比如住在一楼的母亲在深夜拉开窗帘往上方探探身子，看到楼上窗口隐约流泻出来的光亮时，会心疼地爬上旋转楼梯，轻轻叩响他的房门站在门口说一句："阿川，已经快零点了，早点睡觉吧！"

这样的叮嘱，住在哥哥隔壁的恩雅从懂事以来就听得耳朵都快起茧子了。她也嘲笑过哥哥：平时不怎么爱运动，看上去一副弱不禁风的样子，好像随时一阵大风就能把他刮走，这样看上去多没安全感呀！外加一副深黑框眼镜往他白皙的脸上一架，俨然一副《人间四月天》里黄磊扮演的年轻时代徐志摩大叔的样子。不过让她偶尔会犯晕的是，哥哥的女人缘其实从来都不差，并且有越来越好的趋势。难道这就是传说中天蝎座的人都会具备一股强烈的神秘感和致命吸引力的缘故么？又或者表面呆板木讷的他，是以富于哲人的深邃气质和诗人的浪漫品位源源不断地释放着能量呢。

她也捉摸不透。她冥思苦想出了几个店名给要好的朋友们投票，最后人气最高的还是很少女情怀的“浪漫满屋”。他们认为，虽然那满屋子的浪漫，都只不过是为了纪念爱过的佐证和线索，然而，如果很明显地挂出她最中意的“向来情深，奈何缘浅”这个昭彰着失恋的招牌，里面的客人一定会遭到热恋中的人冷嘲热讽的。

可是恩雅不这么想，她觉得如果叫“浪漫满屋”，肯定有很多不对门路的人以为这就是家普通的精品店、家居饰品店甚至奶茶店。所以她还是孤注一掷地用了“向来情深，奈何缘浅”，并且希望店子的口碑能越来越好，通过熟悉的人带动顾客。

恩雅有一个极品前男友，分手的原因不是因为他不爱她，而是太爱她，处处管束她，一看到她和别的异性来往就高度紧张。如果哪天恩雅手机没电而又 QQ 不在线，那么她寝室的电话必然会在下一个小时内被打爆。好几次她回到宿舍，室友们都一个个筋疲力尽而又苦不堪言地说：“我们三个集体强烈要求把电话线剪断……”

这样的爱，令人窒息。恩雅也想过，或许是因为男生从小父母离异的缘故吧，所以才如此没有安全感。可是她不是神，无法以拯救的心态来爱。

【你今天是不是被芭蕾舞演员附身了】

作为户外大师和宅男的合体，他喜欢用文字来挽住那些磅礴溜走的光阴，对抗一去难返不留痕迹的旧时光，让它们以另一种形式存在。他不仅在口头上表示支持，甚至还花了一个通宵的时间去帮妹妹丰盈这个计划，比如在寄存旧物的同时在物品旁边放置一本可以上锁的精美日记本，名字定为《爱的漂流记事本》，给那些前来瞻仰凭吊旧回忆的人即兴记录当时的心情。

嗯，所以说，趁夏天还没有来到，我们赶紧去做些比夏天还要温暖的事吧……开店的事情我从经济上支持你——不过亲兄弟明算账，我会给你开借条签字的哦，以后赚大了可要及时还清，不然我可要谋取高利贷的利息了！

梁恩雅在电话里“MUA”地亲了他一口，附加一句：“老哥你最帅了，我爱死你啦！”

阴冷腹黑的梁耀川啧啧地发出因为感觉肉麻而哆嗦的声音：“呃呃呃，你的吻还真廉价呀，就这样，我挂了哦。”

说干就干，行动是第一生产力。在关系铁得像“哥们”、自命“经管系第一人精”的螳螂的出谋划策之下，选址、工商局申请注册完毕、上油漆这些前期准备工作终于完成了，梁恩雅这才像从沙滩上重新游回海域的鱼一样，长长地舒了一口气。她像搬进了新家一样环顾四周、百看不厌，从洗手间到前台，从前台又跑到了店内，导致螳螂发出“你今天是不是被芭蕾舞演员附身了，怎么老半天踮着脚尖转来转去”这样的疑问。

不知过了多久她才终于软软地瘫坐在光洁的地板上，捂着肚子笑了起来。因为哥哥工作忙着杂志出菲林的缘故，所以只能出动这个和自己同样是话剧社干事，而现在已变成蓝颜知己的男生来当得力助手了。恩雅看着他将一张报纸铺在柜台上，漂亮的手指经过几个翻飞的回合之后，就将它折叠成了一顶小方帽子，戴在头顶的样子显得滑稽又俏皮。当他用大红色的油漆刷完地板时，梁恩雅两个眼睛瞪得都快掉到地上了。她的表情像在看外星人一样："如果不知情的顾客一进来，会不会感觉这是车祸现场呢？"

"你懂个屁，这叫视觉对比！没钻研过丁点业余美术学的人没发言权，说你是猪还真是抬举你了……"穿着斑马服的螳螂站在那里，笑的时候露出了可爱的虎牙。螳螂这个男生长得太好看，所以适合做好朋友，当恋人未免太没有安全感。

恩雅虽然名字听起来很有闺中淑女的感觉，但却是实至名归的"不好惹一姐"，只见她此刻猛地抓起长条沙发上的一只抱枕，第三轮世界大战便就此展开了。螳螂一边躲避梁恩雅的层层进攻一边说："哇，你脾气这么臭，以后谁敢娶你呀，我真是为你发愁呢！你自求多福吧，要是实在嫁不出去的话，要做老处女的！你表现好一点我还可以勉强考虑一下献身啊！喂！"

说起来，这对伪情侣在话剧社还果真有很多人以为他们在谈恋爱。梁恩雅觉得奇怪：难道一个男生教女孩子打打篮球，陪女孩子逛逛街，就一定是在恋爱了么？是现在的恋人们谈情的形式越来越枯燥单一，还是他们在一起的情景太过甜蜜？

毒舌系的螳螂在大一那年，有一天打着找梁恩雅讨论社团事宜的幌子去她们班蹭晚自习顺便搜寻"猎物"，最后铃声一响，他和恩雅并肩走出教室时仰天长啸来了一句："之前我们寝室的情圣说过，你别以为读文科的男生有多幸福，中文系都是他妈的恐龙战队！我去探风过一次，简直怀疑是常州中华恐龙园的化石复活跑出来吓人的……当时还以为他是在夸夸其谈吓唬我们,想一个人占为己有,牡丹花下死,做鬼也风流,所以懵懂无知的我还强烈反对,现在我终于相信了!”

人精不愧是人精,在她当初忙得晕头转向差点忘记注册时,他在一旁提醒她:工商局是肯定要注册的,不然你今天开店,明天就有人来封店。除了这个,他还滔滔不绝地告诉她:其实开票一般分两种,发票和收据。这两种是不同的,比如发票根据你的项目会有限制,而且一旦开发票就意味着,你的这个收入要上缴比较多的税款。如果你的发票在 2 个月内连续超过估计值,那么你的税就会上升!发票是要到税务局去买的,每个月只能去买一次,贵死啦!所以一般人都开的收据,收据在任何的文具店都可以买到,很便宜,而且开的收据不用交税务局核对的!另外,你还可以准备几种口味的咖啡、果汁或者软饮,让客人在写漂流日记的时候可以静心安神。

当时恩雅就立马被这个平日里被她视为游手好闲纨绔子弟的富二代震撼到了。她真想破开这个男生的脑袋看看里面到底是什么构成的,了解一下为什么上课睡得一塌糊涂、下课生龙活虎的人能将微观经济学分析得如此精辟。

其实螳螂的真名是谭龙,但是当初普通话水平有点抱歉的班导师桂汉彪在捧着花名册点名时将他的名字发成了“螳螂”的音,最后这个名字就像瘟疫一样迅速流传开来了,害得他好几天茶饭不思、捶胸顿足:父母为什么要起这样一个名字,就算是委屈一下他的美貌叫个什么“谭咏麟”之类的,他也愿意呀。

干净的落地窗,欧式田园风格的桌布,鹅绒黄色的灯光。在大家的帮助下,店铺被装修得唯美如童话王国。

然而那个周六,开业的第一天,当梁恩雅在好友林晓凡的帮助下挂出那块招牌时,其实生意冷清得很。林晓凡是来自东北的女孩子,性情豪爽,没什么城府,恩雅很喜欢与她接近。

连午饭都舍不得离开店铺而叫了外送快餐的她们,四目相对,看着对方那张愁苦的老脸唏嘘了一天,叹的气越来越长,都要盖过长江黄河的流域了。

【世界上最小的彩虹盛开在你的鼻尖】

时间一点一点地从沙漏里悄然逝去。先是夕阳斜斜擦过了乌青色的屋角照进来,有归巢的银白色飞鸟拍打着翅膀飞过。然后夜空开始变成一块蘸满浓墨饱和的抹布。就在她们准备关门大吉的时候,一个男生在店外徘徊了几圈,就进来了。恩雅兴奋得几乎是从座位上跳起来的,仿佛屁股上安了弹簧似的,露出真切的笑脸问对方:"帅哥你好,请问有什么可以帮忙的?"

"你们是寄存已经逝去的恋人的纪念品的?"男生有着黑如点漆的眸,异军突起的鼻梁仿佛凝聚了全世界所有的傲气,下面是弧度漂亮的唇角。他胸前的贴身衣衫被汗液沁湿了一小片不规则形状,看样子应该是已经走了很远的路。

“对的!”恩雅指着第一排第一个格子,语气松弛下来:“这就是我和他的分手纪念物,一枚刻有他名字的戒指。你的呢?”

男生举起手上那把天蓝色的格子伞,语气里浸透着沉重的哀伤:“这把伞是当初我们在同一个屋檐下避雨时,她借给我的。当时她打电话让朋友带了过来,后来在临走前转身看看还站在原地的我,唔,我当时只是善意提醒了她一句‘同学,雷雨天最好不要用手机’,她便折回来把伞递给了我,和送伞来的同学合撑一个伞回寝室去了……后来你应该也猜得到了,这把伞的主人也顺理成章变成了我。可是今天她却告诉我,她爱的是能陪她一起淋雨的人,而不是为她撑伞的那个。”室内柠蜜色的灯光打在他脸上,那是一个很奇妙的景象:男生的宛若剪裁得体的黑色流苏的睫毛下和鼻翼两处有淡淡的阴影,而鼻尖凝结的汗滴却折射出斑斓的异彩。恩雅想:那是一道世界上最小的彩虹。

梁恩雅的脑海里像途经一架武广高铁那样风驰电掣地掠过一个句子。

陌生人如玉,公子世无双。

男生顿了顿,接过梁恩雅端上的一杯饮用水喝了个底朝天,然后舔了舔嘴唇笑道:“其实那次是我手机没电啦,不然我自己也会打的,呵呵。”

这样的话语说出来,或许是为了缓解尴尬吧。恩雅心想。不过她并没有拆穿他。

“后来听说 Li Lei 和 Han Meimei 谁也未能牵着谁的手。Lucy 回国,Lily 去了上海,身边还有了那么多男朋友。Jim 做了汽车公司经理,娶了中国太太，衣食无忧。Lin Tao 当了警察，Uncle Wang 他去年退了休……”

店里的音乐在播着一首叫《李雷和韩梅梅》的歌。哼呀哼呀的忧伤四处游窜。

男生开始很自然地坐在桌边，拿起那个刚刚开锁的记事本写了起来。在这个漫长而撩人心弦的过程当中，梁恩雅一直在假装不经意地观摩着他细枝末节的每一个动作，恍如整个视网膜化作了一台对焦摄像机，将其悉数收入眼底，生怕遗漏了任何微小的姿态。

宛如深海抹香鲸一样濒临绝种的男生，身上散发着干净而清澈的气息，浸透在回忆里的眉眼之间仿佛有大西洋暖流淌过，然而刀锋一样的鼻翼又仿佛一道屏障，彰显着生人勿近的疏离。

他握笔，写写停停，好像还牵引着笔杆子在画一些什么，中途间或停下来抿一口咖啡，动情之处还兀自发出充满回味的陶醉微笑，牙齿白净得可以去当佳洁士的代言人。他还掏出了纸巾擦去那些笔尖微微渗出的油。恩雅觉得，随身携带着纸巾的男生，应该多是细腻而温柔的类型吧。

等这一切完成之后，她把男生的蓝色格子折叠伞放到了第一排的第二个格子，然后在小卡上写下了：顾帆远，3 月 12 日。顾帆远是男生的名字。虽然梁恩雅只是象征性地要了十块钱，当她说出“你是我开张以来的第一名贵客，一定要享受五折优惠”这句话时，她心底其实“咯噔”了一下，心脏漏跳了一拍。因为她明白自己其实虽然不是什么拜金主义者，但也绝不是淡泊金钱的那一类人。可是此刻为什么对一个陌生的男生这么友善呢？真的是因为感激他第一个逆光而来，犒赏了自己这么多天以来的辛苦准备和苦守一天的缘故吗？还是因为现世磨砺出了她那双隐藏着锋芒的火眼金睛，第一眼就看出男生那双微微磨损了塑胶底板的阿迪达斯是翻版鞋的缘故？

她自己也分不清楚。渐渐长大，从幼稚的“外貌协会”里脱离出去的自己，为什么还是在他面前扰乱了平静的步调，有淡淡的晕眩。仿佛内心深处被投入了一颗定时炸弹，一颦一笑四海潮生。

不过对方却坚持将一张二十元钞票塞到了她手里，在这个过程中，他的指尖有轻微触碰到她掌心的纹路，一闪而过间仿佛夹带出了火花。他一脸感激地说：“没关系的，现在已经没有树洞可以装自己的秘密了，好不容易有你别出心裁开了这样一家店来释放压抑和苦闷，就算再多花一点都值得。我今天在门口来回走了好久，都怀疑是自己眼睛花掉了，现在把坏心情留在了这里，希望不会传染到你哦！”

“没有没有，如果真的有什么情绪波动的话，那也是我为那个女孩子不懂得好好珍爱你而感到遗憾和惋惜。希望以后再次见到你的时候，你不是出现在这个地方。”最后一句话说出口时，她心里其实矛盾得很。她是希望能与他重逢的，可是又不希望他因为失恋或缅怀痛苦而出现在这个伤心之地。那么，人海茫茫，若是因缘浅薄的两个人，说不定这一会面便是永别了。

“那么，告辞了。”男孩孤独的眼神闪过一缕深情款款的眷恋。不知道是不是看者的错觉。那目光，犹如一汪沙漠绿洲，清澈见底但恍若隔世。她想起很久以前的初三数学老师。

时间一眨眼过去了那么久,她甚至都忘了他的名字,只记得他在那个大家都风行穿白衬衣和黑皮鞋的年代,将一个宽松的卡通 T 恤和休闲鞋套在身上就来上课,头发抓得乱乱的,嘴边经常留着一点点不羁的青色胡碴,以教师的标准来衡量的话,刘海似乎还有些长。他嗜烟如命,每次进教室之前都会站在走廊口吞云吐雾,狠狠地将手头的抽到一半的烟拼命再吸几口,才不甘心地丢进脚下的水沟。然后一转身,挺胸,微笑,便从十恶不赦的魔鬼变化成了为人师表的天使。

可是她那时候却对他迷恋得五体投地,比迷恋每晚必看的《美少女战士》和《圣斗士星矢》还要多一些。是啊,他有什么不好?年轻帅气,朝气蓬勃如一株茂盛翠绿的竹子,为了引起他的注意和赞赏,梁恩雅甚至把用来预习其他功课的时间都花在最差劲的数学上,每晚与数列、图标、分数、概率浴血奋战,她想当课代表想疯啦!可是当她的数学成绩终于爬上了全班前几名的时候,她却悲哀地发现这个老师就连对待学生的方式也与其他老师们有着天壤之别,他从不以分数高低给学生贴标签,对谁都一视同仁,平等得可怕。

再后来,他还做出了一件令人差点惊讶到掉下巴的事——他和一个已婚的女子恋爱了,并且对方为了他,还将不肯签离婚协议书的丈夫告上了法庭。这在当时也是一件轰动不小的事情。

当然，听说这个男老师只是以助教老师的身份出现在他们学校的，因为当时另一个老师请了一个月的病假卧床休养，于是他才能出现在大家的视野里。他消失的过程，就像他出现时一样，没有任何预兆和铺垫。得知消息的那一刻，是音乐课，老师在教一首很悲切的歌《军中绿花》，她忽然就趴在桌上咬着校服袖口哭了出来。她心目中的夜礼服假面英雄从此将在另一个她未曾涉足的世界过着她渴望的崭新生活了。她的脑海里浮现出一对闲云野鹤、举案齐眉的神仙眷侣形象。

同桌关切地小声问她怎么了，她很久之后才在大家的合唱声中抬起头来，一摇头眼泪又出来了："没什么，这歌太荡气回肠了。"

直到后来，大一新生入学前的军训时听到这首歌，她都没有再掉眼泪。导致送走教官那天哭得像一个关不住的水龙头的同学吃惊地问她："喂，你的心到底是不是金刚石做的呀！非一般的硬呐！"

如今，随着年纪的增长和心智的成熟，她已经不再迷恋大叔级别的人物了，因为她明白，每个大男人都是从一个小小少年成长蜕变而来，如蛹蜕蝶变的漫长历程。不过女生想，还是应该谢谢那个过客，让自己长大了。

恩雅站在店门口，呆呆地目送着顾帆远的颜色清爽的烟灰色连帽衫消失在转角，默默念起了他的名字，顾帆远，宁静以致远。

恩雅回过神来。一回头，就看到刚才在顾帆远一进门就识趣闪去了内屋的林晓凡那一张笑得诡异的脸。

“不要笑得那么容嬷嬷行吗！害我今晚做噩梦的话，你明天是不是要以一顿麦当劳谢罪呢！”

“我是看你还准备在那里站多久呀，到这一刻为止，计时表显示的是三分钟零六秒！”

“我正想说你呢，干吗买那种很烂的会出水的笔呢？买好一点的会死啊！”

“哎呀，我这还不是为了你着想吗？开源节流的道理知道吗，省钱的生意经都要从小事物开始做起哒。”

“好了好了，少来，明天记得提醒我买几支好的。”

【那个长夜，漫天星宿，得睹芳容，魂摧魄折】

其实她哪里舍得当资本家剥削这个侠肝义胆的好姐妹呀，明知道她在一个单身家庭里长大成人，父亲走得早，在她十七岁那年发生意外事故离开人世，这几年几乎都是母亲与她相依为命。她之所以得知这个秘密，是因为有一次她电脑死机了，又要赶作业，于是跑到隔壁宿舍的林晓凡那里上网查资料。那时候林晓凡正在洗澡，电脑只是关了显示屏，于是她无意间撞见了林晓凡刚发表了新日志还没来得及关上的私密博客。

暗黑色的页面里有这样一段——

今天突然看到《往事并不如烟》里面罗凤仪说的一句话：“像我生活在这样的家庭，又是一个人，是必须学会预算生活的。”多么相似的心境！所以，我从明天开始也要节俭了，不能再大手大脚地乱花钱，而应该用在刀刃上！之前一直以为，只有把自己打扮得漂亮娇艳，才是动人的，才能掩盖掉内心的那些卑微，可是现在觉得，女孩子发自内心的丰盛和优雅才是最强大的……我不好也不坏，不特别出众，我只是敢不同。我的人生就是一错再错，错完了再从头。不仅如此，我还要去找兼职，当家教！这是我下定的决心。

那是个有轻轻微风的夜晚，梁恩雅看着刚绕着环形跑道跑了两圈便被自己远远甩在后面气喘如牛的林晓凡，站在原地等着她跑近身时，终于忍不住噗嗤一下笑了起来。她说："不要那么早回宿舍，陪我说说话吧。"

繁星满天，两个秀丽的女孩比肩坐在沥青运动场的边沿，旁若无人地唱歌、谈心，引发了吃完宵夜回来的大群男孩子们频频回头观望和窃窃私议。就在熄灯前的十分钟，林晓凡准备拉恩雅一起回去时，她却突然说："晓凡，我从一开始就在教室门口张贴的座位表上注意到你了，真是一个长得很漂亮的女孩子呢，看上去多么有眼缘。或许这就悄悄预定了缘分的开始和气场的吻合吧！你爱笑，爱闹，聪敏张扬又招人喜欢。你看，我们现在成了这样亲密的好姐妹。那么，你愿意听我讲完一个故事么？"

"当然愿意，你说吧。"林晓凡笑的时候脸颊会显露出两个漂亮的酒窝，她对梁恩雅今晚的表现感到有点一头雾水。

"晓凡听过'舍肉饲鹰'的故事吗？这是佛经里的一个故事，说佛祖站在窗前，飞进来一只鸽子，后面跟着一只老鹰。佛祖求老鹰不要吃鸽子，老鹰说可以，你割下和鸽子体重相同的肉给我吃。佛祖拿了天平，鸽子站在一端，自己割肉往另一端放，但一直割一直割，始终没有鸽子重。佛祖顿悟：

哦，每个生命都是等重的。”林晓凡一愣：她为什么给自己讲这样一个故事呢？但没多久便幡然醒悟，半气恼半玩闹地去掐对方的手臂：“好啊，你竟然偷窥我的隐私！你现在是不是也和他们一样看不起我了？”

后来两个人追逐着、打闹着，像抱抱团成员那样地笨拙而亲密地相拥在了一起。这个拥抱，给女生林晓凡心头的魔鬼压上了一道符。

新学期再从哈尔滨回来时，林晓凡手里的那袋子家乡特产风干香肠就是专门要送给恩雅的。恩雅那时候在想，已经好久没收到这么跨距离的风尘仆仆的礼物了吧。上一次还是一年前，鬼灵精表妹陈蔷从留学的澳洲带回的 GuyLian 巧克力，多是贝壳和海螺的形状，甜而不腻。上面还有一首她看不懂但觉得美得诡异的诗句：

你在我遥远的身旁　你靠吮血进入梦乡

你的上阕是一颗糖　下阕是腐朽的力量

这时候的恩雅跑上去拉着对方的手说：“我今天发现奥利奥出冰激凌口味的了耶！抹茶和香草，现在关了店，为了感谢你今天舍命陪美人，我毅然决定放弃减肥大业，请你去大开吃戒！”

“既然你对刚才那个酷似《魔法骑士》里的狮堂光的美少年有好感，那就应该全面撒网，把他的家庭电话寝室电话、手机号码、QQ、电子邮箱、MSN全部要到手嘛，让他跑得了和尚跑不了庙！”

前往士多店的路上，林晓凡这样说。

恩雅虽然表面以“别把人吹到太空上去了，那边有辐射。你别想太多了，少贫嘴不会被当做哑巴。”作为掩饰一句话掠过，但内心还是不动声色地泛起了波澜。

金黄色的路灯下，她垂下脑袋盯着自己从前发育贫瘠的“飞机场”现在似乎已经能将再普通不过的外套撑起恰到好处的优美弧度，忽然一下子觉得光阴如白驹过隙，就像这一刻从身边呼啸而过的 BRT 夜班车。

BRT 公交车是广州 2010 年 2 月开始运行的，是羊城明显的标志性交通工具。它们是公车里的“巨无霸”老大，社会车辆不得违规驶入马路内侧的 BRT 专用道，而 BRT 公交则在需要时可借道右侧社会车道行驶。

女孩的天真，夜莺的警觉，泛着亮光的失眠的珠江，缀着星星点点的船灯，有的光束可以投映出深蓝色的游鱼，温暖潮湿的乳白色雾气让隔岸恍惚的城景看上去像是海市蜃楼。而就算是如此繁华到灯红酒绿纸醉金迷的大都市，也会有三两流浪汉在铺几张旧报纸或碎棉布的桥洞下蜷缩成一团。

那些来路不明的荒唐感伤，让恩雅想起很久以前的画面，江风吹到脸上竟有种前尘往事扑面而来的感觉。记忆里的人和事在岁月的长河中沉淀成了深深浅浅的河床，在那些落寞、怅惘、艰难的枯水期会若隐若现地浮现于心田。十多年过去，当初说好一起长大一起老的朋友都免不了各自散落天涯。他们变成了仅剩的他和她，我们也多少淡忘了曾经的爱。

最后，谁也没有和谁一起去看那场梦中的校园民谣歌手演唱会。恩雅这时忽然想到了在图书馆读过的张小娴作品的那段话——

那个长夜，漫天星宿，得睹芳容，魂摧魄折。想认识你，想爱你，想守护你，换几声欢笑，一场热泪，告别飘摇无根的生活。我不是暗影，我是归人。

我，终究是爱你的。

第二章　想你时你在心田，想你时你在天边

【我想,和你一起去漠河看北极光,好吗。】

极光是一种发生在地球极地大气高层罕见的彩色光象。极光是由太阳发出的高速带电粒子受地球极地磁场影响偏向两极,并使大气中的分子、原子激发或电离而形成的绚丽多彩、奇异壮观的彩色发光现象。

由于地磁场的作用,这些高能粒子转向极区,故极光常见于高磁纬地区。在大约离磁极 25°～30°的范围内常出现极光,这个区域称为极光区。在地磁纬度 60°～45°的区域称为弱极光区,地磁纬度低于 45°的区域称为微极光区。我国的漠河位于 52°10′～53°33′N,是弱极光区。

北极光的形状很多,在我国漠河出现的有条状的、带状的、伞状的、扇状的、片状的、葫芦状的、梭状的、圆柱状的、球状的等等,一般是带状、弧状、幕状或放射状。

这是梁恩雅在违反了当初的诺言,偷偷看了“爱的漂流记事本”之后去网上百度到的信息。不知道到底是什么样的魔力催使她背弃了职业道德,将那枚心形的钥匙小心翼翼地送进了泛着金属光泽的锁心缝隙。

那个叫顾帆远的男生在上面写道:

夏至前后夜间能看到白夜和北极光,本以为能和你一起牵着手去漠河看,谁知道还没来得及等到夏至,我们的爱情就迅速枯萎凋零了。原来感情的世界就像站在山巅看北极光,五彩斑斓却险象环生。

彼时是周一,三四节有心理学要上的恩雅已经回归了紫薇苑的寝室大本营。她穿着纺纱的棉质睡衣赖在床上,如一枚软体贝壳蜷缩着,手掌托腮做出神沉思状。

那些浸染着忧伤的字迹一下子毫无阻碍地触摸到女生的灵魂,来势凶猛,带着金属相撞击般的清脆质地,令她一阵战栗。梁恩雅还在文字的下面看到一幅简笔画。男生和女生拉着手留下一帧美满背影,情侣衫上两个红色的桃心刚好因为贴合的身体而组成一个完整图案,男生手指所指的方向,是层峦叠嶂的山巅,那里横亘着一道美得动人魂魄的极光。

他像是一座有故事的城市,来人探望,看得见其中的繁华与幸福,但却从不曾看见悲凉与慌乱的过去。

她的小宇宙能量终于爆发了,她对着泛着源源不断光团的电脑屏幕做了一个阿童木的手势给自己打气,然后开始发短信给男生。

告白的言辞在指尖打了又删,再重新输入,反反复复第四遍才编辑完毕按下发送键,那种快要窒息的感觉真是比写高考作文还要忐忑!

发送之后,她就像丢掉一个烫手山芋那样将手机搁得远远的了。不过后来想了想,好像放得太遥不可及了,于是又从床尾捞过来放到枕头边。然后拉了一张被单将自己包裹起来。林晓凡来找她去上课的时候看到了这一幕,禁不住关切地问她是不是着凉了。

"所有对广州存在着春天般幻想的同志们,将会受到冬天般严厉的摧残! 阿弥陀佛!"手机发出的短信提示音紧咬着林晓凡的最后一个音节响起时，恩雅像被打了鸡血一样掀开被单，从床上跳了起来，姿势如鱼跃龙门，同时林晓凡也冒出了这样一句话：“想说你冷就干脆点嘛，那么文艺干嘛！”

“哎，一想到以后没课和周末都要去看店了还真的有点心酸呐，要和‘中午到了吃早餐吧’这种生活彻底 say goodbye 了，姐心里真不是滋味儿。”

“可是你也终于要告别了月光族的生活不是吗？”林晓凡眼角眉梢故意流露出谄媚的可爱姿态：“以后梁大小姐发达了可别忘记小的呐！”

“呸呸呸，我像那种人吗？”

一路上，恩雅揣着兜里当初磨破了嘴皮子才得到父母同意买来的苹果手机，心率几乎都要过百了！她不敢去看那条短信，又极度想第一时间知道答案，最后憋得整张脸像一个调色盘。直到经过图书馆的时候，她才终于忍不住掏出来按下了收件箱的读取键，同时眼睛合上了一秒又再次睁开——

神哪，她看到的是每天如期而至、比生理期还准时的天气预报！

“阳光不休息，雾气又抬头，周一天气好，踏青惬意游。今晚到明天……”

神哪，现在连天气预告都来打油诗装文艺，如果不是手机太贵，梁恩雅真有让它立刻摔得身首异处的冲动！

到这一刻，林晓凡终于看出了点苗头，一把夺过她的手机就直接看已发信息，然后念了出来：“顾帆远，自上次与你初见别离后，我的内心就像一颗随时都会爆掉的气球，像扑打着春光的蝶翼一样轻盈，里面装得满满的都是我无尽透明的思念。”她一边躲闪着女生的围追堵截一边念完之后，终于停下脚步，对着身后气急败坏的恩雅笑颜如花："谁说这里没有春天，你的春天不是要来了吗！"

直到后来，林晓凡还经常很八婆地把这个烂熟于心的句子拿来揶揄她："真不愧是中文系的头牌才女呀，告白都这么诗情画意，要是换作我，直接就问人家，喂，这位帅哥，你怎么长得那么山寨？就像我的下一任男朋友？"

恩雅的确是个才气逼人的女子，军训时就已经崭露锋芒，写的军训感言都能在洋洋洒洒几千页汉字中被挑出来，登载于校报或《军训快报》上。甚至有一次她一个人被选上了两篇，星光报社的学姐打电话来要亲自请她吃宵夜，并且邀请她免面试进入编辑部当干事。可是恩雅其实更钟爱话剧社，那个可以尝试演绎出自己的别样天堂。所以后来她发简讯婉拒了学姐的邀请。这一点她现在似乎仍心存愧疚。每次在半路遇到出来采访的学姐时都会尴尬。

说起来，虽然一进来就获此殊荣，但军训场上她可是出了名的肢体僵硬，齐步走的时候总是手忙脚乱，出现同手同脚的情况，后来全校新生阅兵前为了"方块效果"实施裁人，"僵尸"被列在了淘汰名单中。这成了梁恩雅大学生涯里最遗憾的事。她坐在主席台一边在心里恶狠狠地咒骂这非人道主义的待遇，一边为自己排的人摇旗呐喊。

她怀念军训那段纯粹而艰苦的岁月。那阵子，每个人都在训练时分享烈日风雨，休息时不分彼此围坐在一起唱歌，解散时像非洲难民一样争先恐后跑到饭堂里占位打饭，那么容易知足和快乐。不似后来，分了班，开始分化了自己的归属和团体，三三两两组成了各自的小宇宙。

【拿一根面条上吊算了!】

在这个白衣飘飘的年代,偶尔逃课、玩麻将、聚餐、打球赛、参加各种联谊会俨然已经成了大学生们比学业更频繁提及的主题。在大学里有句虽不成文但大家都心知肚明的话:必修课选逃,选修课必逃。如果你不碰到难缠的老师,只要不在课堂上大声喧哗表现得太过分,就算你迟到旷课都没人管。有些学生甚至都不知道自己的任课老师长啥样。

梁恩雅与林晓凡虽然不能免俗地坠入爱河,但生活方式远远没有别人那么不着边际。总之,还算两枚靠谱的五好青年吧。

林晓凡喜欢的是那种长着永垂不朽的娃娃脸的男生,最好还能有点婴儿肥。在偌大的选修课多媒体教室里,她一双火眼金睛从人群中搜索到了一个可爱得像从日本杰尼斯造星事务所里走出来的小正太。小正太长得神似风靡一时的动画片里那个聪明绝顶的一休哥再戴个黑色的假发套。有个习惯就是喜欢用大拇指和食指摩挲着耳垂。恩雅撇撇嘴说她大概是母爱太泛滥了。

不知道为什么,被林晓凡拽去学校的模拟法庭,像两个女特务一样猫在最后一排偷偷看那个小正太在台上慷慨激昂地辩护时,她却满脑子都是与她只有一面之缘的顾帆远的模样。因神游而渐渐放空的视线里,仿佛镜头慢慢回放,男生有着那么多生动的表情:眯着眼笑,偶尔蹙眉,揉揉发,连眼睛里也有什么熠熠生辉起来。

仿佛在白白的画布上,眼睁睁地出现了一笔一画,一个人物的白描,接着是肖像和身体，再到立体，最后上色，而变得鲜活。林徽因认为，所爱的人不过是脑海中漂浮的花朵，并不真实，花朵的美只是自己赋予的意象美。然而，世间的男男女女还是愿意去夸大爱上的人的美好，所爱之人的生活习惯，生命情趣，性情举止，都打上了自己所迷恋的光与色彩，琳琅夺目。

梁恩雅那天下午回到失恋博物馆准备开门营业时，忽然看到一个穿着学校制服的背影在店门口晃来晃去。就在男生回头的一刹那，恩雅终于也伴随着惊喜和讶异喊出了“顾帆远”三个字。

她惊喜的是顾帆远居然再次出现了，并且是以守候的姿态；讶异的则是他竟然也是他们学校的，因为学校的制服款式只此无二。

这时候林晓凡也在，她像一只脱笼之鸟一样从恩雅身后闪出来飞奔过去：“我说顾同学，你还再来缅怀你的旧恋情什么？现在不流行琼瑶戏里的痴情汉好吗！当年周迅说‘我非大齐不嫁’，刘烨也说‘我非谢娜不娶’，你不觉得现在看来真是好搞笑吗，你还相信总得有一个人‘非你不可’吗？”

恩雅看顾帆远一时间被伶牙俐齿的林晓凡问得答不出任何话来，便上前去拉了拉她的衣襟，赔笑说：“真的很抱歉，这是我朋友林晓凡，她这个人向来心直口快，希望你不要生气，也很抱歉让你等了这么久，我马上开门……”

“其实她讲得很对啊。呵呵。不过我这次来主要是想问你，上次的咖啡是什么牌子的？很好喝哦。”

“……”到这里，突然像划花的 CD 在碟片机里突然卡住一样，梁恩雅瞬间语言无能。倒是鬼灵精林晓凡好奇杀死猫地问:“那个……告白短信你有收到没?”

“什么,那条告白短信是你发的?”

“不是不是……我向党和人民保证那个人绝对不是我……”林晓凡汗涔涔地举着三个手指作发誓状。

恩雅在林晓凡和顾帆远的对话中突然发现,她当初发信息的时候太过紧张根本就没有署名！所以对方当然也就不知道她是谁了。天呐,关键时刻竟然犯这样的低级错误,她恨不得拿一根面条上吊算了!

就在她脑袋挂着三根黑线的时候,顾帆远突然掏出他的手机打了一个电话,然后她听到自己的手机铃声响了起来:一个人的时候不是不想你,一个人的时候只是怕想你。一个人的时候如果下起了雨,也会学你把伞丢到一边……

女生的脸红得像刚掰开的番茄瓣,马上捂着发出绵羊音的机器支支吾吾道:“不好意思啊我去旁边接个电话!”然后赶紧逃开了。林晓凡默契地看出了她的临阵退缩心理,于是也帮忙圆谎:“呃,不必讶异,我朋友就是这么重口味的……对了上次的咖啡是拿铁的,你也是咖啡发烧友吗？让我们像曾哥那样尽情地发光发热吧哈哈!”

想当年梁恩雅第一时间把手机铃声设为这首歌的时候,螳螂还吐槽过她:“我家住在黄土高坡,大风从坡上刮过,无论是春哥还是曾哥,都是我的哥我的哥……”

但没办法呀，她就是一只固执地喜欢着绵羊音的怪品位金牛。

而巷子那边的恩雅则手忙脚乱把手机静音掉之后对着空气“嗯嗯哦哦”地讲了半天她自己也听不懂的鸟语，再折回来打开店门。

“说谁重口味呢……你喜欢的那个小正太还戴牙套呢，而且又是个娘娘腔！变声期被延缓了几年吧……为什么我就不可以喜欢可可了？”

【我在你遥远的附近】

顾帆远得到了想要的答案，心满意足地走了。临走之前还一脸意犹未尽地承诺说下次请她们两个一起吃饭。林晓凡看着他的背影说：“我的乖乖，这个人嫌钱多可以捐献给希望小学呀，怎么能花在我们这种以蹭吃蹭喝为人生乐趣的良民身上呀，他只能自求多福了，回去拜拜财神爷，我手软一点或许不会全部点太贵的……”

“去去去，你应该说‘我’！不是‘我们’！别扯上我哈。”

就在这时候，一道影子迅速从外面闪了进来。恩雅定睛一看，正是林晓凡的白马王子。那个小正太一脸凶相地说：“梁恩雅我可告诉你，这学校方圆五百里之内都布满了我的眼线，我黄炜晋的脾气可是很暴躁的，你刚才说谁是娘娘腔了!?”

梁恩雅当时就忍不住“噗”一下笑出来了，而且一笑不止。小正太黄炜晋眨巴着水灵灵的大眼睛抗议道：“你不要笑了，你眼睛那么小，一笑就没了!”

林晓凡看不下去了,就拍拍他瘦弱的肩膀说,那个,说你娘娘腔的是我,老娘就是喜欢阴柔的美少年,你不如考虑下我?同学你哪个系的呀?”

“艺术系。”

“啧啧,我体育系的,那不正好,文体一家,刚柔并济!”

梁恩雅顿时有种头上像飞过一只乌鸦般的窘迫感。她想不通为什么强势的林晓凡会真的喜欢这种小男生而不是 Muscle Man。

当小正太黄炜晋听到林晓凡带着邪恶笑容的嘴角挤出这句话时,惊讶得像看见菩萨显灵了,连说话也变得不连贯:“你、你、你……你难道就是那个传说中田径赛把铅球扔到了场外差点砸中评审脑袋的林晓凡么!”

“嗯呐,小女子行不更名坐不改姓。”林晓凡挺了挺傲人的胸脯,这个胸大无脑的女人啊,恩雅痛心疾首,便故意在一旁冷言冷语想要浇灭小正太的气焰:“我们家晓帆一直是个没品位的人,萌点好生奇怪!”谁知道黄炜晋听了,竟然像一只温顺的兔子一样抽搭着鼻子又哭又笑起来:“很多人都说我可爱的,但就是没人爱,这一次我总算是误打误撞找到人了。”恩雅不知道他这句话里面有多少真实的成分,但透过他清澈的眼睛可以看到里层灼灼的光亮。

而他下一秒却说出了令人犹如五雷轰顶的话。他说,他和林晓凡老早就认识了,小学时候是同学,那会儿林晓凡一直就像个小飞妹,个头又高性格又不好,坐在他后排踢他凳子,剥削他的零食,还威逼他给她抄作业。恩雅不可思议地看着林晓凡,对方似乎也在竭力从脑海中搜索着往事,然后突然像发现金矿石一样地摇着他骨瘦如柴的手臂欣喜若狂:“是你啊,小豆芽!小时候干瘪成那样,严重的营养不良,我当时还以为这个小孩肯定活不长久了呢!诶?你头发怎么不黄了……”

这样的话,别说对面的男生了,就连恩雅听上去都觉得汗答答。

其实黄炜晋只是容颜显得稚嫩,海拔起码有175cm以上的,高而瘦。凭借这一点,他跟林晓凡站在一起还是有着男人的身高优势的。

他们继续旁若无人地你侬我侬,大秀怀旧之恩爱。小正太终于顺利转换角色问出了一些听上去很有担当的问题,比如你初中高中过得好不好啊,有没有继续被老师罚站啊,在学校里有什么需要帮助的啊,发型能不能不要换来换去,一时间很难接受的呀。

【可能那时我们太容易爱上别人】

梁恩雅心想:我今天真是功德圆满了,一句无意间的窃议引来一场骚乱,并且现在口口声声要陪自己看店的好朋友和人家小正太“夫妻”双双把校还,留她一个人。她掏出手机拨通了顾帆远的电话,却在他拿起来发出“喂”的下一秒迅速按下挂机键。他的嗓音稳健而温柔,像海啸一样令她窒息。

不过这一天她的小店生意却意外的好。先是一个哭哭啼啼的女孩子进来把她的蝴蝶标本小心翼翼地放进了第三个格子。过了好久她才平息了情绪,红着眼眶对店主恩雅说:“我是在校园BBS的灌水版块看到这个店的宣传的,于是就过来了,果然跟描述的一样装修得很雅致啊。我可以跟你分享我的心事么?”

恩雅皱了皱眉觉得奇怪,她并没有跑上去发帖做广告呀,后来问了女生才清楚,是一个ID叫“绝望先生”的人发的帖子。她看过之后觉得很新奇,便来探个虚实。

她告诉恩雅:“学姐,我叫蒋敏仪,是小你一届的校友,我的男朋友在家里人的安排下要去国外留学了,我们以前经常在一座山上捉蝴蝶,其实那么美丽而又容易流逝的灵动生物哪里有那么容易能够抓得住呢?好不容易他为我抓到过一只,为了让蝴蝶永久封存还特意做成标本。可是现在,他却要离开了。”

叙述时她的眼泪像断了线的珠子一样滑落下来:“原来比蝴蝶还要容易流逝美丽生命的,是感情呀。”

恋爱中的少女胸膛里有座活动密集的巨大火山。

有种名为欢喜的情感岩浆,滔滔流淌过心田每一寸土地。

——汹涌不绝,却又无从冷却。

其实等待不是一生最初的苍老。没有依托无可等待才是苍老的前奏。

梁恩雅没有告诉蒋敏仪,其实她挺瞧不起留学生的。花父母的钱出国镀金,脑袋装着名牌洋货,不过是凭仗丰厚家底在异国他乡比别人多玩了几年,学到的东西有哪些是在国内不能斩获的?荒诞!

嗯,或许这就是传说中的“酸葡萄心理”?

与上次不同,这次是梁恩雅边听边帮助哭得不能自已的女生做记录写在本子上。她搁下笔安慰女孩："我记得莎士比亚说：再好的东西都有失去的一天，再深的记忆也有淡忘的一天。再爱的人，也有远走的一天，再美的梦也有苏醒的一天。敏仪，我们都那么容易爱上一个人，然而触动太容易，继续不简单。"这样冷静得连说话者自己都难以置信的言语缓缓从她的唇齿间流泻出来，带着睿智的光芒，也让泪眼朦胧的女生停止了哭泣。

她说："真的吗，谢谢你，我相信这会是他更好的去处，他应该有更明亮锦绣的未来。"

还好，算是和平分手。恩雅这样想。她真的受不了恩爱的人在最后恶语相向。诸如"当初惊艳，只因世面见得少"之类，这样否定对方的同时也否定了当初的自己——愚蠢而可笑的做法。

但是为了解恨，蒋敏仪几乎是用很大的力道从恩雅手中忽然夺走了笔和日记本，在上面的记录上面狠狠写下：

我痛恨澳大利亚，因为它即将要带走我最深爱的男生。被地图上一个毫无生命、毫不起眼的板块给抢了过去，比被另一个女孩子横刀夺爱更难以释怀！

字里行间，力透纸背。原来心中充满恨意的人无论外表多么孱弱，力量还是挺大的。然后她长长吁了一口气，起身道别。

恩雅想：如果有一天面对分离，自己是否也能这样心如明镜懂得取舍？

女生走了之后不久，螳螂便搀扶着一个因为感情失意而喝得烂醉的男生进来，将他喝空的八只啤酒瓶放好，再从意识半醉半醒的他口袋里硬生生地掏出一把零钱放到柜台上。对方迷迷糊糊地捂着裤兜呢喃："哇靠，你这是光天化日之下在抢劫啊！你混的不是日子，是黑道呀！为了人家，让你去广州大道裸奔你都会干了是吧！"螳螂不理他，猴手猴脚地又将他扛了出去。在迈出大门之前，又回过头对愣住的恩雅说："以后见到他，你就假装不认识哈。"

说完他就流里流气地对经过的一个漂亮女生吹口哨："亲爱的小妞，下课去文渊楼打个啵呗！"小女生害羞得脸变成了番茄，倒是她身后几个同伴瞄着剑眉星目的螳螂掀起一片尖叫。

这个人，没一点正经时候。

梁恩雅还来不及问他：到底校园论坛上的宣传帖是不是他发的。因为她在酩酊大醉的男生最后声嘶力竭带着哭腔的叫嚷里，听到了"蒋敏仪"、"对不起"这样的字眼。虽然种种预兆早已表明这一前一后、一男一女的到来并非巧合，可当她听到时心脏还是急速收缩了一下。

男生的语气充满幽怨，梁恩雅完全听不出单枪匹马远赴重洋为了梦想而奋斗拼搏的孤勇气魄。也难怪，先到一步的女孩原本就已经告诉了自己，那是男方家里人的安排。

她感慨，真是一对苦命鸳鸯呢。虽然已经远远离开了封建旧社会，但很多彼此间有真爱的男女却往往无法摆脱家人的干涉，亲朋的纠葛，生离有时候比死别更叫人痛苦。因为双眼一闭，什么门当户对，万丈红尘都化作了灰。喧嚣喑哑，尘归尘，土归土。

第三章　真爱来敲门

【他又不是人民币，凭什么人家就要对他死心塌地呀】

当了几天明察暗访的狗仔，梁恩雅渐渐知道了顾帆远的一些讯息：数信学院应用数学专业、双重性格的双子座、系篮球队的中流砥柱——这些都是经由小正太黄炜晋友情无偿提供的。因为他和顾帆远是老乡，潮汕人。这个世界有时候真是小得让人咋舌。

这是一个春风明媚的中午，梁恩雅、林晓凡、黄炜晋三个人参差不齐地坐在空荡荡的阶梯教室里，微热的风鼓噪着窗帘，形成一阵阵的波浪状。黄炜晋坐在一只桌子上，边晃着长腿边说："顾帆远在年级里面属于非常受追捧的类型。穿的衣服虽然不是名牌，但款式和搭配都是时下最潮的，所以是公认的品位系男生。有时候我看到他在QQ音乐里听某首歌的歌名，紧接着一大排好友的QQ也显示着这个歌，像列队齐步走一样有气势。他的发型也变成一些男生竞相模仿的对象。"说到这里，他把脸转向身边作小鸟依人状的林晓凡，得意地挑了挑眉模仿纳豆哥的转音道："不过我就不属于跟风的，自成一派多好不是？"

他刚说完就被林晓凡狠狠地翻白眼鄙视了："你就赶紧说说正事吧，少打岔！"

"不过呢，"他故意顿了顿，"关于他女朋友这方面的事情我真的了解不多诶，如果八卦太深入，估计他会以为是我想劈腿……反正我觉得应该就是因为她是外校的，最近课程紧，见得比较少，所以感情淡化了就分手了，想那么复杂干吗呀！他又不是人民币，凭什么人家就要对他死心塌地呀。"

就在这个时候，林晓凡接到了一个电话，她接通后不到一分钟，脸色就马上变了。她的表情欲言又止，鲜亮的神采一点点从脸上褪去，慢慢变得苍白而颓败。

很快电话便被她切掉了，可是挂机之前，似乎梁恩雅都能在话筒里听到一阵女声轻微的谩骂。林晓凡说："我差点忘记下午还有个家教，得先回去备课了，你们看着办吧。"

小正太从桌子上跳下来，动作让空气里陡然生出一阵海飞丝洗发水的味道。他摆出一副心疼的模样说道："还教你上次抱怨的那个很难搞定的淘气小鬼么？如果确实太耗心血，就别做下去了嘛！"

"站着说话不腰疼！不做下去难道你养我啊！"

谁都没想到林晓凡会突然掷下这么一句话，恩雅和小正太只能愣在原地看着好像吃了炸药一样的她抓起背包飞速地从阶梯教室跑了出去。

梁恩雅觉得莫名其妙，便对黄炜晋说了一句："大概是她心情不好，你别放在心上"，随后便追了过去。

到了校园拐角的地方，恩雅感觉鞋底好像有异物感，一低头的瞬间就感觉身体撞上了一个"庞然大物"。紧接着便是猝不及防的摔跤，以及热水瓶胆破碎的声音。

【都是些《西游记》里的妖魔鬼怪看到唐僧时才会放出的目光】

"啊——"这是女生的惊叫声。

“啊——”这是男生的惨叫声。

男生的面容在下一秒映入女生的眼帘，精致的五官，俊朗的面庞。顾帆远仍然是第一次那样大汗淋漓的样子，而他提的热水瓶碎了一地，惨叫是因为有些开水洒在了他的手臂和大腿上。他整个人被烫得龇牙咧嘴，不到下一秒就跳了起来。梁恩雅那么大一个人，被吓得差点就哭了起来，她一个劲地道歉，就像复读机一样，循环播放着带着颤音的“对不起”。

最后反而是顾帆远捂着手臂过来安慰她：“我没大碍啦，你就不用太自责了……还好穿的是仔裤，如果是短裤，你今天就要背我去医院了。”

学校这两天太阳能热水器在集体维修，所以只能提水沐浴。估计他是中午刚打完一场篮球，现在想洗澡了吧。

和那些一运动身上就会有股汗臭味的男生不同，他是个干净清澈的男孩子。

“你的腿，很修长，很美。”她想这么脱口而出赞美他。自从在广州这样拥挤忙碌的大城市上学和生活之后，恩雅都不敢再买浅色的鞋子了，生怕一上公交车或地铁一趟再出来就变成黑的。可是他的鞋子虽然不够鲜亮，然而看上去却依旧那么纤尘不染。她真怀疑他是不是每晚都刷鞋子。

“呃，被吓傻了？说话啊。”

“哦哦……我在想，热水瓶的钱，我赔你多少？”

“不用啦！你实在过意不去的话，就请我吃个饭好了……我打球的时候钱包丢了，饭卡也在里面，挂了失还没补回来。而且不管你心里是怎么想，自从第一次见面之后，我可是就把你当朋友看待的，朋友是千金难买的。”

真是很随和的老好人啊！好到让人有种想试试装作可怜兮兮说“要不你把银行卡密码告诉我吧！”能不能灵验的冲动。

梁恩雅和他去了上下九步行街，吃了葱香薄饼和艇仔粥，还喝了姜汁撞奶。其实大部分的薄饼都是号称“大胃女王”的恩雅在吃，顾帆远只是绅士而礼貌地微笑着看她，吃得很慢，像一只温柔的松鼠。吃到肚子快要撑爆了时，梁恩雅突然就看到递纸巾给她的顾帆远手臂上长了一道暗红色的疤痕！这是她犯罪的证据呀。她的心又开始火辣辣地疼了起来了，仿佛被烫伤的是自己的心壁。

走在人来人往的街上，梁恩雅觉得自己简直就是个从古代穿越过来的丫鬟在陪公子逛街，而那些时不时投来偷瞄男生的秋波都是些《西游记》里的妖魔鬼怪看到唐僧时才会放出的目光！

更让梁恩雅意外的是，有个女孩子手里拽着一个男人，却道貌岸然、明目张胆地对着顾帆远频频眨巴着那对戴了苍蝇腿般假睫毛的杏眼。她那对眼睛压根就是一个发电站！等到男朋友似乎有所察觉时，只见他的脸抽搐了两下，随后便郁闷地甩开她的手快步往前走，而她却突然跑到他们面前问顾帆远说：“帅哥，你这条项链是在哪买的呀，我想买来送给我男朋友。”

恩雅不禁在内心赞叹：多么善于随机应变的女孩子！借一句台词轻轻松松扭转乾坤，还成功上位为贤良示范性女友，不将她送去北影当编剧实在太埋没人才了！

这一招显然对她那个醋缸子男友起了立竿见影的效果，他立马掉转过笨笨的身体，那张麻将脸已经笑得分不清贼眉和鼠眼，只见他踏着正步过来，乐呵呵地牵起她的手，边走边心满意足地傻笑着。

街边有包着蓝色头巾的老太太在摆摊卖水磨桃木梳。棕黄色的木柄上纹路分明，做工精巧。顾帆远蹲下来挑了一把，对恩雅说："谢谢你今天请我吃饭，小生无以为报，就送你这个吧？"

恩雅的脸蛋顿时像掉进染红般刷地一红，受宠若惊地对他说着感谢的话。

"这里人好嘈杂，每次走在广州这样的街道上，感觉都快窒息啦，不如我们去爬山？"她提议道。

"都快两点了……会不会影响你开店？"顾帆远抱歉地笑了笑，扬起的唇角让被遮住了的下巴多了一小片阴影。

"难得不在宿舍蹲，我知道这附近有一座小山，走吧。"

爬到半山腰的时候，恩雅抬起头，视线扩散之处有大片大片的狗尾巴草在流速变快的风中摇曳生姿，恍如此起彼伏的海涛，一望无垠。她胸口淤积的那些小情绪在这个时候统统都抛到了爪哇国去了，话也变得多起来。

"其实我一开始开店就是想以失恋党联盟的形式，让这些失意的人可以聚到一起，分享彼此的喜怒哀乐，淡化那些悲伤。尽管能给予的帮助微乎其微，但还是希望每个人都能快点痊愈，还没想过要靠它来发财呢。"

"呵呵，我想你也是这样的人。"

我想，你也是，这样的人。

多么温暖而美好的句子，像岩石砌成的墙壁上那些妥帖蔓延的翠绿色爬山虎，给春天越来越寡淡的气息增添了不少盎然的生机。梁恩雅承认，在这所一直以一流大学而自命不凡，压迫着分配给学生作业，让她写到想死想吐想退学的学校，他现在似乎是她唯一的福祉和光。

梁恩雅突然鼓起了很大的勇气问对方："那么，既然你这样信任我，能不能告诉我，你和她之间的事情。"

顾帆远显然事先没有预料到她会话锋一转，提及他内心深处的暗伤，只见他表情微微一愣，迈向前的脚步腾在半空中有着片刻的停顿。不过他没有回避，坦然地想开口给恩雅一个回答。

就在这时候，乌云迅速侵吞了日光，天空下起了瓢泼大雨。南方的春天就像婴孩的脸，说变就变。人群鱼贯排开，顾帆远拉起恩雅的手，仿佛劈开水流的一叶尖头扁舟，一直跑到一间能够遮蔽雨水的破房子。

回忆始于与幸福分离之时——最近阅读的小说里，一位恩雅所喜爱的女科幻作家这样提及。

滂沱的雨水声中，她开始听顾帆远讲那些积雨云一样夹带着潮湿气息的回忆。

【是依然在种着玫瑰花园星球上继续流浪的小王子，还是永远停留在十六岁国度里的彼得潘】

原来在顾帆远八岁那年，他父母为了多生一胎，只好将他暂时送到邻市清远偏远乡下的爷爷奶奶家，打算等待计生的风头一过，就把他接回来一起住。为了此事,父母还在前一晚大吵了一架,最后双方终于妥协。离开之前,他哭着紧紧抱住母亲的腿,泪水如决堤的河:"妈妈是不是因为远远不乖,不要远远了?"母亲红着眼眶拼命摇头:"不是的,不是的,妈妈也很想一辈子和远远快乐地生活在一起。但是你一定要相信,现在短暂的分离,是为了日后长久的相聚。乖,远远听话,乖,远远不哭,哭了就不帅了。"

那时候的小小少年顾帆远,头发梳得油亮,西装革履地从爸爸的黑色奥迪小轿车上走出来那一刻,就已经注定了与其他同龄孩子的泾渭分明。那帮十岁左右的孩童,还尚未拥有固定成型的世界观和价值观,容易受周身观点的影响。当那个"大哥大"低头看了看自己沾满泥巴污点的两节小腿以及足下露出脚指头的拖鞋,又抬头看了看被妈妈精心打扮得漂亮如陶瓷娃娃般的顾帆远,不禁勃然大怒,并暗地里对着一群围观的小喽啰说:"他是我们的异类,也是我们的敌人!"

是那样青黄不接的年纪,可以理所当然地把一件淡色衣裳穿成惨不忍睹的五颜六色,可以肆无忌惮地将邻居的小家狗四脚朝天地吊起来嬉戏,也可以对一个无辜的与他们有"鸿沟"的少年胡搅蛮缠。

父亲走后,他的生活开始变得举步维艰,喝爷爷从山上挑来的卫生状况堪忧的山泉水,帮老花眼的奶奶劈柴。但爷爷奶奶依然把最诱人、最营养的饭菜留给他,无微不至地照顾着他的生活起居。二老说:"小孩子要长身体,不可以挑食偏食,不然以后会被其他孩子一个手指头放倒的。"

但是,在爷爷奶奶目光无及庇护的地方,他会被扔石头,崭新的衣服上也会被甩泥巴。他去河里洗澡的时候，几个小孩将水性一般的他按到水底呛水，还恶狠狠地警告："再让你显摆看看！再让你显摆看看！脱光了衣服还不是跟我们一个样！"

变成村里孩子的出气筒之后，他的身上开始有了一些淤青的伤痕，每次面对爷爷奶奶心疼的责问，都会说是自己不小心弄伤的。

尽管这样，他依然觉得很知足，他表现得很乖巧懂事，也比其他人早熟，功课门门领先，是老师最珍宠的三好学生。父母每次打电话过来询问他缺什么东西，过得好不好，他的回答永远都是：什么都不缺，我过得很好，好得不得了，不能再好。

也是在那个时候，顾帆远遇到了生命中第一个破开他混沌人生的女孩子：廖麒真。她因为长着一张出奇漂亮的受宠脸蛋，常常被高年级的男生欺负。他们揪她辫子，往她桌肚里塞小昆虫，当看到她吓得惊慌失色时，就会乐得在一旁跳脚。其实长大后大家才明白，那些恶作剧的鬼把戏不过都是表达内心喜欢的一种偏激做法罢了，他们不过是想引起美女的注意力。

有一次麒真的单车轮胎不知道被谁偷偷放了气，天光渐渐从晚霞的绯红变成傍晚的冥暗，她只能蹲在操场一角抱着膝盖哭。打扫完教室踩着车子去扔垃圾的顾帆远看见了她，相似的境况让他仿佛看到了这世上另一个自己。他停下车子想要安慰她，却看到她双手胡乱挥舞，警惕如大敌当前的眼神，小小脸庞上是咄咄逼人的倔强："你一定和他们一样，是过来嘲笑我的，对不对！"

他只有沉默，然后上前一步笨拙而用力地帮她擦拭脸上黏稠滚烫的泪，然后帮她将单车扛到校门口的修理店，并且微笑着让她坐自己的单车后座，把她送回了家。也是从那一刻起，他在内心对自己说：顾帆远，从此以后，你就是廖麒真的战神金刚和阿波罗，身负保护她的责任义不容辞。

那个年纪的他们，彼此因为地位和美貌被一众平庸的同龄人孤立，彼此相濡以沫，以骄傲的姿态遥遥占据着年级总分榜的第一、第二名。她再被戏弄的时候，他总会在第一时间挺身而出。他身上的旧伤口复原了，又有新伤不断。因此他总是穿长衣长裤，将它们小心翼翼地遮盖起来。一如与她之间的秘密契约。

那时候地理书上讲到漠河这个神奇的地方会有极夜和极光，将两个人都深深吸引住了。他们约定好了，不管以后身在何方，十年之后的那一天，他们都要回到白鹭谷聚首，并且一起手牵手去沐浴那些绚烂的极光。

十五个月后的夏至，当父母亲抱着一个还在襁褓中的婴儿出现在爷爷奶奶的老屋门口时，他竟然觉得他们的笑容是那样陌生和遥远。如同星辰，闪亮却遥不可及。下一秒，他竟然迅速地将自己藏在了那个不见天日的柜子里，听着外面因为离别而哽咽的爷爷奶奶带着哭腔一遍遍呼喊着他的名字，但他只是咬着手指，任凭眼泪无声泛流，直到口里尝出了血腥味，柜子门才终于被打开了。他终于知道，某些离别无可抗拒。

他走的时候，没有在围观的人群里看见麒真。他很失落，也很颓唐，像只沮丧的小兽，在车子面前一遍遍喊爷爷奶奶的名字要他们一起走，却没有再掉一滴眼泪。人多的地方，眼泪会变得廉价。

只是，心与心交融过的温度，再如何佯装若无其事，心都会帮忙记得。手心与手心妥帖过的温度，走过每一个冬日轮回的寒冷也仍会时刻提醒。被父母带回家后，不断写信给麒真的他，却收到了邮局因为查无此人的退信。

少年的故事现在听来恍如隔世。就像星移斗转，地球表面出现分裂的断层。又如美好得不容亵渎的童话和现实之间的巨大落差。恩雅想，现在站在自己面前的这个男生，是依然在种着玫瑰花园星球上继续流浪的小王子，还是永远停留在十六岁国度里的彼得潘。

顾帆远的头发在地心引力作用下不断往下滴着雨水。湿气将他的挺拔眉目晕染得更黑白分明，如同一幅淡淡的水墨画。

他讲完来龙去脉，忽然就笑了，有种如释重负的快慰之感："这些冗陈往事，说来话长，现在我终于遇到了她，重逢的方式就是初见时我给你讲过的，避雨和借伞的过程，后来我才从她的校徽里看到这三个字：廖麒真。"

那一天出门前，他刚刚看了日历，是白色情人节。他连做梦都在祈祷着夏至快来，然后可以买到去清远的车票。可是她却忘记了那个年少时的契约，牵起了另一个男生的手。

原来一切并非黄炜晋讲的那样，因为是外校，所以从恋人变成陌生人。

看来有些眼线比娱记还会瞎扯乱编，这世上最不缺乏的资源，从来就是蜚语流言。

他们也不知道是如何跑到那间破屋的。屋内的墙壁上遍布着一些蜘蛛网，落了漆的木质木凳因为少了一条腿而歪歪斜斜地躺着，地上还有些四散的干柴。男生突然眼眸一亮，将所有的柴捡到一块，掏出打火机点了火。很快，火光与暖意就将两个人包围起来。

“以前在爷爷奶奶那里的时候，我就是这样煮饭烧水的。”他抓抓头发笑道。然后，他将那件防水的春款皮外套脱了下来，盖在穿着短 T 蜷缩着身子的女生身上，自己只着一件白色的背心。

顾帆远一点点地挪到恩雅身边的位置，掏出刚才送给她的桃木梳给她温柔地梳理散落掉的刘海，清澈的磁性嗓音仿佛能经由手臂与木梳传到女生的头盖骨上，有一点点的发麻。像接通了电源的机器，电流沁透到四肢百骸。

那样的气氛有点暧昧。梁恩雅感觉自己的身体开始一点点暖和起来，露在外面的肌肤被男生衣服上残留的一小簇体温包围着，清新的洗涤剂香味淡得像一壶龙井茶。橘红色的火焰跳跃着，干柴发出刚出炉的铁板饭一样“滋滋”作响的声音，恩雅悄悄凝视了一下顾帆远，他的面容升起了难以察觉的落寞。俊朗的轮廓在火光边缘被泛上一抹红色，五官因为满室青烟的缘故变得朦胧，健康的蜜色肌肉线条匍匐在展露无遗的手臂上。

此刻他的目光也投映过来，对焦上的那一刻，恩雅一时紧张得赶紧将头扭向屋外。她不知道该说什么话，只是六神无主地问起一些他在乡下生活的感受。

“你会怨恨那些处处刁难你，给你出难题设关卡，让你碰壁的人么?”

“我不会怨恨，反而要感谢他们，是他们成就了现在坚强的我，百折不挠的我，屹立不倒的我。”

男生淡淡地吐露出一个带着否定词的肯定陈述句。说话时，下巴上淡淡的毛茸茸的青色胡碴跟着一起微微颤动，像清晨里轻缓飘逸的蟹壳青云雾。语气里有着这个年纪的男生们鲜有的无法逾越的清醒。

过云雨不消十几分钟便偃旗息鼓了。他们开始将余烬扑灭，然后赶回学校。从破屋出来，被顾帆远拉着越过一个个水洼的恩雅心想:其实就算雨水将这座城市倾倒，她需索的或许仅仅只是一个怀抱。但只怕，伴随这雨水一起寿终正寝的，还有恩宠，方才只是承蒙男生错意的温柔。

进地铁站的路上，在那人影绰绰里，女生突然听到街角深处传来一支不知名的小提琴曲，宛如一湾清浅河流。那是一支比悲伤更伤感的音乐。街上的汹涌人潮拥簇着她一点点挪向前，甚至连转身都成了奢望。她一次次地回头，极力去寻找琴声的出处，却只看到大片鸦黑人头，和这座城市里人们所惯用的麻木表情。

很久以后她才知道曲子叫《杨柳》。然而她不知道的是，这个当时看来似乎无足轻重的路人演奏者，也会在她生命的画板上涂上浓墨重彩的一笔。

两个人从街边的自动贩卖机里拿了一瓶冰红茶和一杯果粒优酸乳。下了康王路上 2 号线之后,顾帆远接到一个同学打过来的电话,让恩雅蓦地想起她还没来得及问清楚林晓凡刚才的情绪为什么起伏那么大。按照以往的时间来说,她现在应该家教回来了吧?

梁恩雅没有想到,她会在走过青年湖的时候碰到林晓凡坐在湖边。徐徐迎面吹来的温煦春风里,她心事重重地朝着湖面丢石子,咕咚咕咚的水声泛起一波波涟漪,无限扩散的同心圆如同行走在消逝的光阴。

"前几天我跟我妈说,我和一个男生开始交往了,无意间提及男方的家庭似乎还算优渥,她现在竟然以'我跟他在一起的时候,吃饭、买衣服可以尽可能花他的钱'为由,跟我商量下个月将我的生活费减半,你说天底下哪有这样的母亲啊!势利眼!她也不想想,除了生命,她还给过我什么!"

当恩雅走过去时,竟然意外地接收到这样的理由。她一时语塞,不知道该说什么来劝慰对方,只是听她继续愤愤地诉说着:"就连爸爸的葬礼,她都没有出现!她想再婚,门都没有!"

看着神情清冽决绝的林晓凡,梁恩雅本来以为,她们母女失去了家里的支柱,应该是像电视里的剧情那样,相依为命深爱着彼此的,从未想过她们之间的矛盾会这么深。

恩雅觉得,她与林晓凡有着太过相似的灵魂,骄傲倔强,从不轻易妥协,这样的人曲高和寡,唯有走着一些别人全退出的孤独的路。比如她开的那家许多人不明所以、觉得莫名其妙的店,比如不管很久以前父母一厢情愿给她的人生规划了某种蓝图，她们都极力在追求和创造自己想要的不一样的人生。

【等到相遇的时刻　我们再唱这首歌　就像我们从未离别过】

当林晓凡打电话过来说“恩雅，我现在在荔湾这边的旅行者泡吧，你过不过来”时，梁恩雅真是想勒死她的心都有了！

“你疯了吗，干吗跑去那种地方，别喝太多，等等我，马上就到！”她担心林晓凡出事，一路飞车而来。车窗外道路两边的夜景稍纵即逝恍如青春，她真是恨不得第一时间赶到现场，拿狼牙棒敲醒糊涂的梦中人。

“难道我要在寝室上网听那个女人唠叨我吗！你快来！你一到我马上关机图个耳根清净。”

典型的双鱼座性格。

星座书上说双鱼座的人会比较情绪化，散漫，冲动，耽于幻想。这些在林晓凡身上奇迹般地吻合着。

说实话，从小到大，酒吧在恩雅的印象中都是灯红酒绿的，震耳欲聋的音乐可以把人搞得心肌梗塞，然后舞池里充斥着光怪陆离的群魔乱舞，就像一锅沸水煮着无数只上沉下浮的肉丸子……可是当她忐忑地按照林晓凡给的地址赶到现场时，却发现这里的与众不同。除了音乐，大家都很幽静地坐在各自的位置上聊天，看杂志，或者猜拳喝酒。

寂寞这种东西是病毒，是会互相传染并无限扩散的。世界上大概有一半人具有自虐狂倾向，而这种倾向又往往表现在情绪上。他们最常用的伎俩就是拿酒精麻醉自己。

“是一家清吧啦！看你大惊小怪一惊一乍成什么样。”林晓凡像只妖精，端着色彩斑斓的鸡尾酒从吧台跳下来，伸出藤蔓般的细长手臂勾住她的脖子，裸露的肌肤在摩擦间生出光滑微凉的触感。

“你是不是已经喝了不少？脸上的红晕是怎么回事？”

“那是酒不醉人人自醉，你懂个屁！”

“晓帆！我该怎么跟你解释，一个年轻漂亮的女孩子，特别是在夜店这种人际复杂的地方，遇到的诱惑要比你想象中大得多，不管是清吧浊吧，总之孤身独行很危险的好不好！”她偷偷指着舞池里把身体晃得像龙卷风的一个女人那张水肿的包子脸，然后凑到林晓凡耳边讲冷笑话：“你看你看，不要以为年轻就是本钱哦，夜夜笙歌卸妆后会变成男的……”

“好啦，你再念我就往耳朵里塞棉花啦，不过下面有天籁出场呀，我舍不得！”林晓凡像被念紧箍咒的孙悟空那般痛苦，拉着恩雅在一个角落坐下来，当恩雅听到“这里有个绝世美男驻场表演的，你马上可以听到他销魂的歌声！他一出场，我敢保证全场鸦雀无声……只听见咽口水的声响！”时，也突然萌生了好奇和兴趣：林晓凡一向以损人为乐趣，不知道怎么样惊世骇俗的嗓音会让她如此赞不绝口。

“犯花痴了你……今晚不准备照样在宿舍洗半个小时的澡，唱半个小时的歌啦？我相信寝室的姐妹会颁发给你最佳人品奖的！”恩雅捏了她一把。正在两个人打情骂俏之际，掌声如云朵般炸开了，全场的灯光归结于冥黑，一束光打在舞台中央，然后梁恩雅的目光越过千山万水，看到了他。

白衣黑裤的男生站在麦架前面，微长及肩的发，侧着脑袋，微微闭目。清越的歌声缓缓流淌开来。

就在启程的时刻
让我为你唱首歌
不知以后你能否再见到
等到相遇的时刻
我们再唱这首歌
就像我们从未离别过
别害怕现在的离别啊
微笑着挥挥手说再见吧
明天就等在下一个路口
再远的风景
我们会到达
向过去的悲伤说再见吧
还是好好珍惜现在吧
你寻找的幸福
其实不在远处
它就是你现在一直走的路

林晓凡激动地抓住恩雅的手叫道:“你看你看,他是不是很像台湾的那个郑元畅!?”

“应该说,是郑元畅像他,这才符合你的逻辑嘛……你不是有了人家小正太嘛,可别到处残害祖国的绿草。”其实恩雅觉得他长得比郑元畅更加英伦风一些,有点混血儿的味道。很久以后,当她和他生命线有过相交叠之处,才从男生口中得知他母亲是欧籍人士。

“谁说我就得跟他了,凡事在没经由民事局那张证件认定之前,可啥都不算哦。你们两个真是有得一拼,人生怎么都这么没情趣!跟你们这样的人一起玩,我迟早得疯掉!”

四周的喧嚣突然像被切下了静音键。灯光给舞台上的人周身镀上了一层温柔的金光,一切变得虚幻而不真实。像金色的阳光照在苍茫白雪上。间奏的时候他开始表演乐器,梁恩雅感觉小提琴在他手中犀利得像是一把刀。当它一刀刀刺向你最敏感脆弱的神经时,你看见的却是一个温柔的刺客,冷漠中有着最致命的温存。

恩雅不知道他是怎样做到的,只是可以隐约感觉到那音乐里有股隐秘的力量,可以让最疯狂的人都瞬间安静下来,把所有目光和注意力聚敛到他身上。恍惚觉得自己仿佛一下子变成音盲。接下来林晓凡在耳边的絮叨都羽化成了风。

红酒又甜又淡,然而她还是觉得自己醉了。恩雅不知道该如何告诉她,这个忧郁唱歌的男孩子正是那天出现在失恋纪念馆中喝醉的男生,蒋敏仪的男友……哦不，是前男友。而且她终于联系到，下午她和顾帆远在一起时在这附近听到的小提琴应该也是他拉的，地下酒吧的午后音乐传到地表，所以让人找不到出处。

那些秘密和求知欲在女生内心越积越多，终于如产生了化学效应的实验品，颠簸翻涌激烈碰撞，痛苦如一场分娩。

窗外，无尽的夜空仿佛在用尽全力汲取着寥落几颗星子的光辉。天黑得彻底，黑至所有阴谋细节，都无法分辨。

第四章　两颗冰冻的眼泪，一颗化作拒绝伤悲的顽石，一颗融化成岁月的潮水

【外面的世界很精彩，翻墙的时候很无奈】

从“旅行者”出来时，已经是凌晨时分，梁恩雅感觉自己还有一点轻微的耳鸣。光线弥散，瞳孔因受到刺激而微微收缩了一下。她和林晓凡去吃了烧烤，慰劳一直在响着“黄河大合唱”的肚子，然后开始打车前往学校的方向。

中途有几个电话打过来，都是约林晓凡去蹦迪和通宵游戏之类的。梁恩雅对此头痛不已：“晓凡，你有没有听人家说过，晚间11点以前打电话的男人可以考虑；而11点以后打电话的男人，大多都是冲着你的身体来的。”

“这些我都懂啦，我的姑奶奶。知道你关心我……”林晓凡将脑袋倚靠在旁边的女生肩膀上，车厢内顿时飘散着一股淡淡的女人香。

“诶，刚才唱歌和拉琴的男生叫什么呀？”

“怎么，你看上人家了？每次听他唱歌老娘都觉得醍醐灌顶。”

“别以为我是你！快说快说。”

“钟笙箫。就连名字都是三种乐器组成的，难怪是个乐理天才……”林晓凡双手交握赞美着，“我总觉得他能唱出我的心声，唱出我很多以前的回忆……你知道吗，高一高二我都浑浑噩噩地混过去了，高三以后，我爸和那个女人吵得更凶了，你能想象得出吗，就是凶到就差掀屋顶的那种。刚开始他们吵的时候，我就把自己关在房间里，蒙住脑袋，双手捂住耳朵哭。恩雅，你知道吗，连邻居每次见到我的时候，都会用一种充满同情的眼神看着我，就像看一个得了绝症的病人那样。可是后来他们一有吵架的苗头出现我就出去,我一个人走了很多地方,吹着夜风,和自己的影子对话。如果当时有一把尺来丈量的话,估计都可以绕中国一圈了。所以整个高三,我像发疯了那样地啃书,我发誓要离开那个鬼地方。在我接到这所大学的录取通知书的时候,爸爸刚离开人世不久,那个女人一脸不可思议地说:‘我终于等到这一天了,你整个高中时期每一天我都提心吊胆,就怕接到老师要我去办公室走一趟的电话。’因为那时候我在他们眼里就是一个不良少女。当时我抬头挺胸地对她说:‘我也终于等到这一天了,以后可以不用再与你抬头不见低头见。’”

——的确是有过一段时间的消沉放纵和寻欢作乐。即使被说成是堕落,也好过独自面对回忆。

到底是怎么样的深仇大恨,让林晓凡这样憎恨着她的母亲?她觉得即使不可是所有母亲都做出伟大到催人泪下的举动,但起码天底下的父母心,应该都会像自己的妈妈那样,不计回报地为孩子奉献着自己最美好的年华。所以她不了解这样一种异类,感同身受的那一部分就只能来源于对好友的信任与疼惜。

很久很久的以后,恩雅才知道,林晓凡的母亲在父亲尸骨未寒的时候,便不顾近亲的反对和邻里的议论,急不可待地改嫁给了另一个家境优渥的男人。

人活在这世上,记性太好或太差都不是什么好事。因为回忆终归总是恼人的。时光无法倒流，而事事难以十全十美，所以在日后重现脑海时常会想：当时要是那样或不那样做就好了。你会不甘心或不忍心，会耿耿于怀，会自我苛责，会身陷泥沼，会不可自拔。

有一些情愫混杂在汹涌扑进来的充满微凉气息的夜风里，向着心口的方向长驱直入。车厢内，她没有说话，只是满怀疼惜地将牵住林晓凡的那只手握得更紧。

【送去CS游戏里鞭尸】

说话的空当，车子已经停在了学校附近。大门已经被锁上，警卫室里两个死猪四仰八叉地躺在沙发上，鼻鼾声像惊雷一样震耳欲聋。两个女生转移了目标，在爬上那堵两米的围墙时，林晓凡一脸扭曲地低嚎着：“外面的世界很精彩，老娘翻墙的时候很无奈！”

对于出生在海滨城市的两个女生来说，手脚敏捷那是必须的。这是游泳和在沙滩上蹦跳追逐了十几年的成果。她们踩着栅栏垫脚便跨过去了。梁恩雅起初还不敢跳下去，是林晓凡半抱半扯让她得以安全着陆的。就在她们俩拉拉扯扯的时候，完全没注意到身后两条被手电筒的光拉长的影子正在朝她们一点点靠近——

正是刚才那两个睡相极其恶劣的校卫队值班人员，竟然能听到这样的风吹草动而醒来。林晓凡后来觉得真应该写封匿名信给校长歌颂他们让学校给升工资！

可是她当时唯一的念头就是，跑！拉起梁恩雅，边跑边脱掉左脚的高跟鞋、右脚的高跟鞋往背后扔去……刹那间身后响起两声惨绝人寰的凄厉叫声……

“太久没这么玩命地跑过了！骨架子都要散了！不管怎样，以后你还是少去那种地方为妙！回去把你那张不伦不类的脸洗干净，然后赶紧上床睡觉。即使睡不着，闭着眼睛也养神，明天还得做晨操呢。”两个人一直跑到寝室天台的安全区域，恩雅捂着胸口对林晓凡劝诫道。

“我真是严重怀疑你今天被我家母老虎附身了！小心我一脚送你去新加坡受鞭刑！”此刻的林晓凡，一副无语望苍天的凝噎的样子。她的脸和恩雅贴得很近，嘴里散发出葡萄酒的香味，暗紫色的眼影和擦了一次性卷发素的头发让她整个人看上去充满异域风情。

“你可真是上知天文、下知地理呀……法盲的我现在才知道新加坡有鞭刑这玩意！不过我更乐意把我弄死了送去CS游戏里鞭尸算了。其实我也虚脱得不想动了……”

两个女生就这样互相倚靠着身子坐在天台上，直到曙光透过云层唤醒她们沉睡的眼皮。林晓凡醒得早，恩雅的手臂开始被她抓住做匀速圆周运动：“死猪快起来啦，清新而又脱俗的新的一天又在向我们招手了！”

她竟然还很痞地对着天台上停歇的鸽子吹了一记嘹亮的口哨。开始有在学校沥青跑道上晨跑的男生听到声音朝这边看过来。

神哪，她真不知道这个女生从哪里来那么多的精力。浑身上下时刻都透着一股充沛的劲儿。不同于那些热衷于嚼舌根事业的三姑六婆，她不矫揉造作地始终表里如一着，梁恩雅想着想着就睁开眼睛笑了。

她想：顾帆远，如果你也在就完美了。你看这阳光多么温暖。

我不是因为你而来到这个世界，却因为你而更加眷恋这个世界。

你会不会回头看我一眼？宽厚肩膀，背影是让我安心的风景；手指干净而修长，写出漂亮的行书，弹奏不同的乐器；笑声像大海，眼神里有阳光。

爱你，是我最孤单的心事。而每次想起你，都会让我无一幸免，被寂寞吞噬。

不知道体内一股力量为什么会在这时候翻江倒海，最后突破喉管挤成一句话："晓凡，这两天若是有空的话帮我看下店，我要去华南师范大学走一趟。"

【出现这么美的姑娘，简直是大规模杀伤性武器】

华师大是廖麒真所就读的学校。有句古话叫"知耻而后勇"，虽然因为前一天晚上熬夜而仍然头昏脑涨，梁恩雅的性格上仍具备金牛座的一切执著力量，她在出发前对自己握拳念了一句"恶灵退散"，然后终于在半个小时之后得以亲眼见到了廖麒真的面目，亲耳听闻了她的事迹。

她无疑是众所瞩目的焦点。她是学校舞蹈队的队长，舞姿如行云流水般，充满了灵气，市级以上领导莅临视察的大型文艺汇演上，她必定独挑大梁；她的普通话字正腔圆，在艺术节当户外司仪时，面对现场再棘手的突发状况都能化险为夷应付自如，连其他院系的老师都来打听她的名字；她还教要好的女生做寿司和煲汤，又跟着男生练习排球……几乎每一个高贵华丽或意气风发的场合里，都有她的身影，高挑清丽，嘴角永远扬起倔强的骄傲，那么与众不同。

恩雅隔着一段距离看她，麋鹿般的眼神，窈窕的身姿裹着一袭裙裾飞扬，在那里站成一棵汁液饱满的花树。让她想起一句诗：我花开后百花杀。这么美的姑娘出现在雄性激素满天飞的校园里，简直是大规模杀伤性武器，能让人瞎了眼。其他地球人女生还有活路吗？

宝剑锋从磨砺出，梅花香自苦寒来。梁恩雅这一刻终于承认，成长的逆境有时候真的能让一个人浴火重生，飞离平庸和怯懦，获得凤凰般的涅槃。

回去的 BRT 公车上，梁恩雅看到一个背影很像螳螂的泡面头男生，忽然想起好久没联系他了，于是对着摇摇晃晃跳桑巴舞一样的手机屏幕给螳螂发短信：我今天在华师大看到了一个绝世大美女，假如你在这里，我担保你的口水都要流成维多利亚瀑布了。

短信的末尾，她问：校园 BBS 上面关于失恋博物馆的宣传帖是你发的么？

对方很快回了：什么美女呀？除了杨二车娜姆和凤姐我都不要。宣传帖？没有啊。我现在上去看看。

【能做到主任以上职位的都是东方不败级别的人物】

恩雅原本笃定的心情现在开始胡思乱想：ID 叫绝望先生的人竟然不是

他？那会是谁呢？

下车的时候一晃神，有个人拍了拍她的肩膀，指着脚下一张十块钱问她："喂，美女，这张十块钱是你掉的吗？"

"美女？你是在叫我吗？"梁恩雅手指对着自己，尴尬地问道。若不是周围的人已经走光了，若不是肩膀的确被人拍了一下，她肯定不会以为是在叫她。说实话，自从她目睹了沉鱼落雁的廖麒真原貌之后，她觉得那些自称"美少女"、"小公主"的滥竽充数者都可以去面壁反省了。

但如果她后面有人，也会看到，这张钞票其实是胖子自己从钱夹里抽出来偷偷丢在地上的。这是他采用的搭讪方式，小伙子长得非常亲民：灰鼠眉、金鱼眼、狒狒鼻、章鱼唇，就算黑猩猩在他面前都要甘拜下风。他的目光里露出最直接的勇敢。

"呃，不是我的，不过还是谢谢你……"

梁恩雅刚想走却又被拉住："欸，等一下嘛，现在像你这样具有良好市民操守的青年已经不多了……那个，靓女，我叫苏洛川，能不能认识你？"

就在这时，恩雅包里的手机又再一次响起了如火如荼的《狮子座》，她对对方说："抱歉啊，我接下电话。"然后便马上听到话筒里传来林晓凡的咆哮："梁恩雅你这是在生孩子吗！我帮你霸位子已经二十分钟零五秒了，你家顾帆远马上就要上场了，你还在磨蹭什么……"

"对不起，我现在有急事得先走一步了，下次有缘再和你促膝长谈啊，拜拜！"恩雅和对方说了声抱歉，然后扭头便打算离开，谁知道男生却在下一秒以百米冲刺的速度挡在了自己面前："你现在就必须给我号码！"他终于气急败坏揭开羊皮，露出风度全无的猪肝色面目。

“同学，哪有你这样的人呀，请让让，你挡住我的去路了，这条路貌似不是你家建的吧？”

他嘿嘿地痞笑道：“真不好意思，还真的是我家建的。”梁恩雅正心想着难道他家是施工队的，他便得瑟地解释：“我爸是这一校之长苏丰田！你这朵祖国娇嫩的花朵，我会让我家老爹多给你施肥松土浇水的！”

恩雅瞬间就被五雷轰顶了。她真后悔今天出门头上没安一根避雷针。真是林子大了什么鸟都有啊……她心里暗骂：苏丰田……我还梁奔驰呢！今天可不是愚人节。

说到愚人节，她忽然记起螳螂发给自己的那条恶意短信：

我10在受不了，想你很9了，天天想见你，你8自己交给我吧，我绝不会7负你，让你永远6在我身边，5爱你爱到4，决不3心2意，我发誓只和你1生到老！

正在两个人僵持之时，螳螂就真的在意念中出现了。看到这一幕的他顿时心领神会，过来说：“哟，原来是洛川呀，我刚才还在北区隧道那里遇到沈若彤她们几个呢，等会就要去图书馆了，我脚步子快，甩了她们一段距离，哈哈。”

梁恩雅也是后来才知道，沈若彤是苏洛川名正言顺的女朋友，而他们站的位置是去图书馆必经之路。所以心虚的他把手放到嘴边咳了咳，说：“是吗！那太好了，天气可真热呀！我去买两瓶酸奶等下分她一瓶。”说完之后，就一溜烟地遁走了。

“他真的是校长儿子？”梁恩雅一脸窘迫和无奈，心想校长真是英明神武教导有方。

“嗯，你们两个刚刚在干吗……众所周知，能做到主任以上职位的都是东方不败级别的人物，对付人的手段也是相当心狠手辣。有其父必有其子，你可要当心他呀！别看他一副嬉皮笑脸的样子，实质上是扮猪吃老虎。需要的话求助现场观众，好歹老子也是学了三年散打的。看在是好朋友的分上，保护费给你打五折优惠，哈哈哈！”螳螂邪恶地看着女生的敏感部位，笑得有些不怀好意。

恩雅看着苏猩猩绝尘而去的背影摊手道：“我闲着没事跟一精神病较什么劲啊，我自己都还没完全康复呢，再幸灾乐祸我就把你脑袋砸成月球表面了。精神病患者打人不需要负责的，哈哈哈。”

这时候不远处的哨子声已经响起，将梁恩雅游走的神思一下子拉了回来，仿佛在提醒着她还有比吵嘴更重要的事。她跟螳螂匆匆别过，就奔向体育馆去了。

【无可救药地喜欢着他】

“院际杯”篮球赛三强决定赛。恩雅赶到体育馆看到朝自己挥手的林晓凡并气喘如牛地在她身边坐下时，现场的分数已经是1∶1了。

“这才开场10分钟啊！难道势均力敌?!”

“可不是嘛……不过顾帆远那队很危险呀，我刚才听后面他们班的人议论说有个队员昨天玩滑板受伤了，我发现怎么连×××这种菜鸟也上了?!天哪……明摆着是充数嘛！”林晓凡像个专业的播报员一样感慨道。

梁恩雅一边用手当扇子扇风一边望向台下，看着穿明黄色队服的顾帆远，球衣背后印着24。恩雅用自己那少得可怜的体育常识推测，他最喜欢的球星应该是科比。彼时他正在咬着牙奋力拼比赛。

这时候刚好是顾帆远在传球，全场的女生回过神后眼里似乎蹿出了片片桃心，拉拉队训练有素地将他的名字喊得像在演奏《义勇军进行曲》那样有气势："数学系，加油！顾帆远，加油！"

可是很快就被对方以擦边球夺了过去，战况越来越紧张，篮球场弥漫着能让人驾鹤西去的硝烟。

比赛结果下来，他们队就像两块饼干中间的那一层奶油夹心，只得到了亚军。虽然大家基本上都已经心满意足的样子，可梁恩雅分明看到顾帆远坐在场子的边缘，失落得像是一只掉光了毛发的困兽。他身上的球服也变得灰头土脸的，但那些都丝毫影响不到他浑身上下散发出来的矜贵气质。

队友们的安慰都无济于事，大家也都是粗线条生物，一个个都摇头叹气地结对吃饭去了。还一路勾肩搭背，自我感觉甚好地讨论着那几百块赢来的比赛奖金要怎么分红。

顾远帆一声不响地坐在白色的弧线上，头发紧紧贴着头皮，恩雅不明白为什么自己连他最丑的样子都看过了，还是这样无可救药地喜欢着他。此刻她想过去安慰他，递一瓶水甚至说一句话都可以，但有人比她捷足先登了。

在这么惊心动魄的时刻，不知道是剧情需要还是上天恩慈，总之，华丽丽的“美少女战士”廖麒真出现了！

那个镜头，在梁恩雅眼前像慢格一样回放：顾帆远抬起汗水淋漓的脸庞，女生笑靥如花对他伸出手掌，纯净水折射出透明的光，然后他像喝了一桶红牛一样精神抖擞地站了起来。

她穿着宝石蓝的水手服和格子短裙，纯白袜子和帆布鞋，宛如出水白莲。不落俗套的美女总是有这样的魔力，能瞬间击溃情敌们所有的不服气。

“谢谢你今天能来看我比赛。”

“呐，是……是一个朋友邀请我过来的。他说这是一场对你很重要的赛事，如果我能及时出现，可能你会超常发挥扭转战局，可是对不起……半路塞车塞了半个小时。”

梁恩雅看到顾帆远眼里的星辰一点点黯淡下去，嘴角盛开的明亮笑意一点点合拢。

“其实我这次来，是想告诉你，我真的一点都没有忘记以前和你在一起那段难忘的经历。可是那都成了过去，也要谢谢你给予我的这些小美好。两个彼此真心相待的人，只要把回忆交给对方的心去保管，就永远都不会变质过期。”廖麒真顿了顿，语气变得很沉重，“但是我现在已经有喜欢的人了，我跟他在一起很幸福，也希望你能早日遇到自己的那一份幸福。到时候，我们大家可以一起去漠河看北极光的啊！”

廖麒真的美是真的无可比拟。一头漂亮的直发，睫毛很长，笑起来甜甜的。她仰起的面孔，是仿若透明的洁白，一双黑如点漆的眸，乖巧而温顺，躲在蝶翼般翕动的睫毛后。恩雅看到一些晃动的波光，闪烁着微微的蓝。

这样的女生,哪个见了会不动心?

“这样……好啊,那……我能最后给你一个拥抱么?”话音里有微微的颤抖,似乎是在努力压制内心的情绪。

顾帆远在廖麒真点头应允下,张开双臂像一只大鸟,轻轻地将她拥入怀里,拍了拍她的背。动作自始至终都很轻柔,像是一个宣告。

头顶的方格子泄下了一些日光,打在皮肤上有如灼烧的痛感。恩雅躲在体育馆那个堆放废旧体育器材的小仓库里,如叶丛间隐蔽噤声的蝉。她是瞒着林晓凡一个人从半路偷偷跑回来躲在那里的。她自嘲地苦笑:若是林晓凡知道了肯定会笑她这样为爱痴狂。看着顾帆远云深雾重难过却还要用力朝对方挤出微笑的表情,心里排山倒海的难过差点将她湮没。她宁愿今天被拒绝的是自己,也不愿他独自承受悲伤。

蹲在那里腿脚已经麻木到失去知觉的她,看到走向体育馆门口的两个人渐行渐远,刚想起身,双腿便一软,撞到了一个硬物,身后一个铁架子就朝她身体的方向砸了过来。

像骤变的天,滚滚乌云突然间挟持了日光,遮天蔽日的黑暗朝自己迎面覆盖,恩雅的眼前泛起了片片萤火一样的金点,然后便是无尽刺眼的白光。

【青春是一个短暂的美梦,当你醒来,它早已消失得无影无踪】

这样一场不能简单地用“天灾”或是“人祸”来定义的意外,最后以顾帆远回过头奋力抬开铁架,将女生抱起送到校医院而告终。那时候,她伸出去挡住铁架子的手臂正流着血，顾帆远脱下球服给她作了包扎，一路赤膊狂奔的情景引发了百分之二百的回头率。一阵意料之中的骚动。

很久以后，她都还一直会做一个同样的梦：掌心的热度温暖到心底，他拉着自己一直向前跑，向前跑，背后是铺天盖地汹涌的潮水。然后他们被巨浪冲散，她浑浑噩噩地从梦中惊醒过来，枕套湿了一小片，不知道是汗是泪。

恩雅刚躺下不久，林晓凡就拽着黄炜晋赶来了。她说："我的姑奶奶，你不是半路跟我说要去打印嘛，怎么就莫名其妙受伤了？"

小正太也接着她的话说："你们俩真是姐妹情深呀，她一路过来嘴里一个劲儿念着阿弥陀佛，千万不要有事。"

恩雅听着听着就笑出了泪花。林晓凡跟她一本正经地说过，这年代在男人面前不流行撒娇了，不如撒泼撒野！

医生过来缝伤口的时候，顾帆远坐在床边握着她的手，掌心的温度像热源体一样源源不断地传递到通往心脏的血管里。他用那种无比坚定的眼神看向她，仿佛在传输力量和勇气。恩雅觉得，如果时光能就此停止向前，就算皮肉之苦疼痛得无以复加，她都心甘情愿。

因为每个人的心中都有一个没有指针的钟，他愿意为自己最爱的那个人，命运停息，倾尽一世。

恋爱中的女孩通常比男孩子要更傻气一点，喜欢奋不顾身地飞蛾扑火。她们身上往往会有为对方留下的痕迹，比如刺青或伤口。螳螂后来提着一袋鲜果进来的时候，像演讲比赛的选手刚走到话筒前面那样清了清嗓子，对着房间里的三个人说："大家都累了，让我来守夜吧。"

"就你？一个人方便吗？再说你确定自己不会半夜无聊到死跑去网吧通宵？"林晓凡用怀疑的目光看他。

"滚，没看到老子脸上写着大大的'义气'两个字么？放心啦，明天我保证交出一个气色红润、神清气爽的梁恩雅给你们看，OK？"

此话一说，艳惊四座，林晓凡总算闭嘴了，摸着肚子跟黄炜晋撒娇："好饿好饿啊！我们去吃牛扒吧！"然后走到门口还不放心地频频回头，恩雅给了他们一个安心的笑容。然而顾帆远半途却折回来特意吩咐螳螂："对了，医院是不可以吸烟的地方哦，同学。"

螳螂一副不耐烦的样子，低头看了看自己手里刚买的一包烟，然后敷衍式地应道："嗯，谢谢提醒！"

顾帆远这才对床上的女生笑了笑，和他们挥手告别。

等到他们都走远了，螳螂就坐在床边就着洗好的苹果削果皮，笨手笨脚的样子。削到一半的时候，他忽然说道："大小姐，你暗恋顾帆远的事情我都已经知道了。不过我刚才特意留心观察了下他，也不过尔尔嘛，看来你的审美水平还属于初级阶段呀。"

梁恩雅一听，激动得像受了电击一样，抬了抬那只没受伤的手，吓得他赶紧去按住她的肩膀。

"肯定是林晓凡这个贱人告诉你的，啊啊啊！她怎么可以出卖我！"螳螂此话一出，她撞仙人球的心都有了！

“得了吧，不能怪她，是我逼供的，你受了伤，难道我不想找出仇人？结果问到底原来是这种缘故，真是晕菜。再说就算她不说，从你刚才看顾帆远的眼神里，我也能看出一个八九不离十，老子毕竟在情场纵横驰骋多年了，哈哈哈哈。”

见恩雅撇了撇嘴角没说话，于是螳螂伸出手指抵着她的额头继续说：“梁恩雅，我说你这个人什么都好，就是太贪玩，我们学校喜欢你的男生估计可以组成团了，干吗非要爱上一个有梦中情人的呀。”

他说话的时候带着一种玩世不恭的笑。那种笑容很淡，仿佛风一吹就会散掉，却又隐约藏着浩瀚的深意，宛如针一样狠狠地扎进了梁恩雅的心里。

“我不管，我就喜欢！你突然用班主任一样的口吻跟我说话我还真不习惯……”她被男生一语击中要害，像个孩子那样耍蛮道，“姐也饿得不行了，搞点吃的吧。”

螳螂的思绪分了叉，削苹果的刀锋一转，差点割到手。他拍拍脑袋：“我就光顾着拎水果，还以为你吃过了呢，你多聪明一姑娘呀，被人家施了魔法变傻了吧？”

叫了一份土豆焖鸡块，一份木瓜排骨汤，然后看着恩雅狼吞虎咽风卷残云。医生嘱咐让她的右手暂时不要乱动，所以吃饭这个动作变成了喂饭。

螳螂先是嘟着有淡淡青色胡茬印记的嘴对着勺子来回地吹气，像个循循善诱的称职保姆，然后将碗和勺子小心地以平行前推的方式挪到恩雅的下巴处。他一边笨手笨脚地喂饭一边还不忘逗她:“就你这胃口去吃金汉斯自助餐,绝对要叫服务员泪流满面。我要是把你这样子用相机拍摄下来传到网上去,边上附加一句‘灾区饥荒女’,人家肯定坚信不疑。”

“心急吃不了热豆腐,但心不急连豆腐渣都没得吃!”

“没关系,全都是你的。我不和你抢,来,张大嘴巴,啊——”

居然把她当小孩哄着。梁恩雅心头一热,想笑又想哭,结果一口饭全喷到了他崭新的衣服上面。

螳螂自认倒霉地安慰她:“没事儿! 没事儿!”

而这时,恩雅的脑海突然重现了那个问题。

“对了,你说如果那个纪念馆的广告不是你放的,那——会是谁?”

“我让一个当版主的同学查了他的 IP,似乎不是我们学校的。”

“唔,怪不得林晓凡也说不是她们写的,我还以为如果不是你们,那大概只有顾帆远了?”恩雅倒希望真的是他。喜欢一个人,就会渴望得到他哪怕微末的肯定与支持。

“哎,没事想那么多干吗? 伤脑细胞,你吃完饭就擦擦脸躺下休息吧,明天一早我去帮你请假。”他递过来一条半湿润的热毛巾。

“其实……殉情的女孩子我也不是没有遇到过……”螳螂将盘子里剩余的苹果瓣送进自己口里,开始讲冷笑话——

曾经有个女孩子要与我共赴黄泉——“你再不还我钱,我就和你同归于尽!”

曾经有个女孩子与我相约到下辈子——“想追求我？下辈子吧！”

曾经有个女孩子肯为我而死——“跟你在一起，我宁愿死！”

“哦，是这么回事啊……我还以为你积攒的人品终于爆发了呢。你说的每个笑话我都笑了，是你变幽默还是我变快乐？”

看着不断变花招逗乐自己的男生，恩雅心里不是没有感动。但一闭上眼，她就又仿佛回到了顾帆远将她拦腰抱起一路狂奔的那一幕。她在他怀里感受着剧烈的颠簸，贴得那么近，似乎能听到他胸腔内心脏有力地跳动。

恍若末世繁花。

莎士比亚说，青春是一个短暂的美梦，当你醒来，它早已消失得无影无踪。

半夜，她昏昏沉沉睡了过去。睁开眼就喊护士，把坐在一旁打盹的螳螂吓了一大跳：“是不是伤口裂开了？”

“乌鸦嘴，我是想上厕所，难道让你陪我去么。”

“……”

走动之后，恩雅的睡意也消了大半，螳螂就提议说：“不如我们来玩个游戏吧，给对方看看自己手机收件箱里的第X条短信内容是什么？”

X是随意的数字，由两个人出拳的指头数加起来决定。

移动温馨提示您，您的卡上余额不足20元，请续缴话费。

恩雅得意地扬着手机："怎么样，想窥探姐的隐私，没门……轮到你了。"

哼，你已经两天没搭理我了！

梁恩雅刚想数落说"语气真是暧昧呀！"，就瞟到了发信人的名字，嘴角牵出的笑容慢慢凝固。

钟笙箫。

"对哦，上次是你带他来我店里吧！你跟他很熟吗？我后来在一家'旅行者'的清吧见过他在那驻唱哦。"

螳螂一听，屁股就像装了弹簧一样腾地跳了起来："好啊！你良心被天狗给吃了吗，居然不声不响就一个人去玩野路子也不叫上我！哼！我今晚就去乱葬岗把小钟给接出来！"

"你正经点会死啊？真把鸡毛当令箭。"

恩雅慢慢地听他讲起钟笙箫。一个才华横溢的男孩子，小他们一个年级的音乐系科班生。他们认识是因为第八届校园歌手大赛，两个人都打进了决赛，后来彼此交换了手机号码。两个怀着音乐梦想的男孩子，一冷一热，一动一静，像两颗星球一样彼此竞逐相互辉映。许多女生对钟笙箫表示过好感，然而他却似乎是站在云层之上的上帝之眼，没看上一个。他向来只喜欢独来独往，很多人刚开始都以为他是有自闭症，但一听到他的音乐后，会马上为之折服。后来好不容易跟蒋敏仪在一起，男才女貌，大家都看好他们，谁知道只谈了两个月就分了，他怕她一时半会接受不了，就用缓兵之计说是要出国。

讲到这里，螳螂忽然若有所悟地停了下来："难道他莫名其妙分手是因为你劈腿……啊！你们之间是不是有什么不可告人的……"

"滚！你把我当交际花啊！也太瞧得起姐的魅力了吧。"她边骂边想：不过他竟然不是为了要出国才分开，事情也就因此变得复杂许多，如果蒋敏仪知道会怎么样……

虽然与她只有过一面之缘，但恩雅觉得那是个用情至深的女孩子。她应该是善良、明媚而豁达的。

不过毕竟这也是她和钟笙箫两个人的情感纠葛。她这个外人凭什么插手？

【其实有时候爱情比时间还要残忍】

住院那几天最大的好处就是可以任性地接受着别人的照顾，心安理得地吃着好姐妹带过来的零食。威化饼跟果冻吃到后来都一看到就想要吐了。受伤的事情她害怕家里人担心，所以不敢告诉他们。直到哥哥梁耀川打来电话询问店开得怎么样了，顺便善意地提醒了她："我知道你身边有一帮推心置腹帮助你的好朋友，经常听你提起他们，所以对于你，我是放心的……不过咱老妈这几天一直在念叨你这礼拜怎么还没打电话回家，难道你还不准备挽救我的耳朵吗？"

她才意识到每个周末都会打电话回去报告近况的她，这周居然坏了规律！哥哥挂线之前还饶有深意地讲了一句："不过我想，女孩子出现这种情况,极大可能是谈恋爱了吧……”

恩雅刚想辩解,话筒那头就传来了忙音。她“哎哟”一声长叹,悲切地想:如果老妈当真知道的话,自己又要遭受一堆亲友团的围观和采访了。

做了两天隐士的她一出院就抓着林晓凡的手说:“再待下去我就疯掉啦,真难以想象那些医学院的学生竟然每天对着血肠子、血肝子的……估计早就丧心病狂了!”

“你是《名侦探柯南》看多了吧!小心被他们听到抓去解剖做实验……好多恐怖故事都是发生在那种地方的,哈哈哈。其实哪有那么夸张啦!都是编来吓你们这些胆小鬼的……”

这天顾帆远也在,恩雅为了试探他会不会心疼,就说:“我跟你说说螳螂那个变态狂是怎么折磨我吃消炎药的吧!他竟然敢凶我!他说:‘你吃个药、打个针都这么啰嗦,讨厌死你了。残疾的话是不是想赖着我一辈子呀,看我长得帅是不是?’如果自恋要缴税的话,他肯定是我们学校的纳税大户!”

“如果是我,我就会回答他,中国还缺一个芙蓉哥哥,我看你倒是挺有潜质的。”

抱怨归抱怨,吐槽的同时心里还是清楚的,没有他的话,自己不可能好得这么快。

后来,梁恩雅在那本“爱的漂流记事本”里写下这样一段话:

我们都以为时间是世间最冷酷无情之物,其实有时候爱情比时间还要残忍,赐真心奋不顾身的那个人以斑驳伤痕。爱是青春华年里最悲壮绝美

的墓志铭，直到与肉身同腐。

搁下笔之后，她突然就怀念起高中时看散文诗时候的那种心境。由于阅览室不能带小本子进去，所以通常都是撕下一张笔记本的白纸进去，看到精致动人的句子就摘录下来。心境澄澈，全世界静得只听得到笔尖与纸面摩擦的沙沙声，宛如指纹划过印花的磨砂玻璃那样子。

而现在，那些写满漂亮句子的纸飞机又遗落到了哪里？

外面的夕阳这个时候恰到好处地落在女生的肩膀上，橘红色的光芒给每一朵灰蓝的云朵镶上金边，像要燃烧起来一样。

当时在场的林晓凡趴在她肩膀上，看她一字一句写完还若有所思的样子，终于禁不住笑了出来。

“请问笑点在哪里?!”

“读十年语文不如聊半年 QQ！煽情是你们这些文艺青年的通病，小心‘艺术人生’和‘百家讲坛’节目组告你侵权啊！不知道的人还以为是在写狼牙山五壮士呢!”

林晓凡正在边打嘴仗边对付一盒让梁恩雅闻风丧胆的榴莲班戟，突然放在桌上的手机就震动起来。彼时她们俩刚上完课就到店里照顾生意了，所以电话提示音还是震动状态没来得及改回来。林晓凡接完电话整个脸刷的就变白了，仿佛手里握的不是手机，是一颗炸弹。

恩雅还以为又是她那个不讲理的母亲对她提出什么过分的要求了。谁知道她挂完后就大叫起来：“大事不好啦！炜晋打电话过来说有人把你和顾帆远从破屋子里出来时衣衫不整的模样给拍下来发到校园网上去啦。虽然你们大家都是成人了,发生过那种事情也没关系,可现在流传出去怎么说也会对女方造成不必要的困扰……"

"你说什么呢,我们只是去避雨!我们之间的关系清白得很!你把我想得何其轻薄!"

"好好好,现在重点不是这个,问题是,这个马甲叫'我不做仙女已经很久了'的发帖人到底是谁?还有她发这个帖子的目的何在?你回头想想,你当时身后有没有什么形迹可疑的跟踪者?"

梁恩雅极力地希望自己冷静下来回想,但她现在的脑子就像一个蜂巢,一窝蜂似的嗡嗡作响,头痛欲裂。她觉得自己平日里处处与人为善,真不知道是哪里犯太岁了。

忽然,梁恩雅的脑袋云开见日地闪过一道光,她想起螳螂在自己住院时说过他认识一个版主可以查 IP 的事情。会不会跟发宣传帖那个人是同一个呢?但既然这个人起初是在帮她,怎么现在反而又来陷害她呢?

愤思像剧烈摇晃过后刚刚开启的碳酸饮料那样喷薄而出。

她想自己必须找到螳螂,将这件事告诉他,要他马上帮忙。而林晓凡则被她说服留在店里静候回音。

第五章　后来幸福下落不明

【想不到你平时挺粗犷一爷们，窝还收拾得挺像个人样嘛】

螳螂是昼伏夜出的蝙蝠系动物，所以他一个人住在学校旁边租的房子。美食主义者梁恩雅去过他那里，并在他那厨房里尝试着做过烹饪杂志上介绍的一些新鲜而又难度系数不是很高的菜肴。每当这个时候，螳螂就会无辜地揉着肚子，可怜巴巴地站在厨房门口问她何时赐宴。

一路小跑过去的恩雅不知道为什么，乱糟糟的脑海中突然冒出了上回去完华师大回来和苏洛川的那场"偶遇"，会不会是他那天恼羞成怒然后来整她，还故意起一个女性化的变态ID来掩人耳目？

"哇靠，你能不能不要那么弱智啊，和一个男人才见到几次就和他去那么隐蔽的地方共处一室，要是他心怀不轨对你做什么，你就叫天天不应，叫地地不灵了……现在还被狗仔拍到，说不定是他的哪个仰慕者嫉妒你们俩表面看起来牢不可破的关系呢！"

当时螳螂叼着一根南京红杉树正在噼里啪啦地玩魔兽争霸，跟队里的人跑任务练级别，对话框里的"壮志饥餐极品肉，笑谈渴饮脑残血"这样被改装来损人的话刚刚被他发出去。他还很败家地邮购了一堆堆游戏的周边产品，为中国的动漫游戏事业做出了卓尔不群的贡献。

退出游戏，与版主联系完毕之后，他关了QQ，深深地抽了一口烟，长吁了一口气说道："很遗憾，想不到竟然是一个女生干的……"

"谁？"既然不是苏猩猩，那会是谁呢？恩雅迫切地想知道答案，哪怕这个人是与自己关系多么亲密无间的朋友。

“这个倒不是很清楚，只知道是出自于银杏苑这座女生宿舍。因为我们学校的网络现在是一幢寝室楼通用一个 IP 的，而且我们学校都是各个年级和院系混居的，所以就算知道了是哪个宿舍，难不成一个一个去调查到猴年马月啊……不过我有个好消息要带给你。”

“得了吧，我现在这样犯小人，还能有什么好消息?”

“哎，你也不用太担心，毕竟照片刚发出一个多小时而已，浏览量还不是很多，我已经叫阿峰立刻删除了……好消息就是，上次那个发宣传贴的 IP 查到了具体地址了。”

这句话像刚从微波炉里取出来的法国烤面包，终于让心慌意乱的梁恩雅觉得心头一热。她听他得意地说出答案，然后看他走到那面硕大的落地镜前面，臭美地抓了抓头发，再喷了点香水竖了竖衣领。

恩雅说：“想不到您老出门之前还有十二道工序呀，比女孩子还麻烦。”

螳螂扮个鬼脸说：“总不能让我的众多骨灰级粉丝们看到我不修边幅走在路上吧，那样她们会心碎的！这也是我做人的道德底线……”

“其实我想告诉你，鬼脸做多了表情纹就出来了，那样她们恐怕会更悲痛欲绝吧！对了，想不到你平时挺粗犷一爷们，窝还收拾得挺像个人样嘛！是不是田螺姑娘或者嫦娥姐姐偷偷下凡帮你打扫的屋子呀？花开堪折直须折，莫待无花空折枝哦……”

“……”

玩笑话说多了之后，恩雅感觉自己灌满铅般沉甸甸的心情也轻松多了。和穿着矜贵的螳螂走过了学校周边的烤红薯小摊位、正在大甩卖的卖 35 元一双的鞋店、热火朝天的麻辣烫连锁店，还有人气旺盛的盗版光碟铺，不知不觉间听到对方轻轻地说了一声："到了，应该就是这里了。"

恩雅抬起头，才发现矗立在他们眼前的是一座商业大厦模样的建筑，一楼是停车场，二楼那里挂着一块白底黑字的招牌，上面写着：永和心理康复中心。

"哟，想不到你面子够大的嘛，极有可能是这家心理咨询室为你打的广告！抢手货呀抢手货，啧啧。"

"不可能吧……我都不认识他们的。"

"进去看看不就知道了？"螳螂倒是一幅气定神闲的口气。

上楼梯的时候，螳螂走在恩雅左前方半个脚掌之间的距离，以一种保护的姿势。

康复中心规模并不大，里面的人也不多，只有两个办公室，还有一个打扫卫生的阿姨。而更让他们觉得奇怪的是，其中一个中年男子看到了女生的时候，脸上竟然浮现出自来熟的亲切微笑："你就是梁恩雅吧？"

螳螂凑到她耳边问道："难道你是这里的熟客？"

"去你的，姐心理阳光健康得很！"恩雅女孩子气地跺跺脚，便小心地笑着问中年男子："您好，请问……我们认识吗？"

"进来说吧。"

"是这样的，你可能不知道我，但我知道你，你很有创造性地在学校旁边开了一家失恋纪念馆对吧？从我们心理医生的角度看，这种举动是非常伟大而有新意的，它给那些因为分手而痛苦的年轻人提供了一个倾诉的平台和情感的寄托地，有利于他们内心伤痕的治愈和康复，这种做法其实和我们这个行业的服务宗旨有着异曲同工之妙。所以我在你们学校的论坛发了一个宣传的帖子，希望能共同帮助那些情感失意的年轻人走出困境。同时，我也要替他们谢谢你，梁恩雅小姐！”

看上去儒雅温和张弛有度的男子说到此处显得很激动，只见他主动起身过来和她握手。恩雅尴尬地笑道：“其实也没那么您说的那样啦，当时的我只是自己也遭遇这方面的问题，所以……”

不过尴尬归尴尬，之前那些疑云都散掉了。男子一个劲地说着“别谦虚，不管出发点如何，总之立场是很好的”云云，还提到了“现在很多学生因为感情的事一时想不开而自寻短见”之类的话。最后，他们彼此互相留了联系方式。

对方给的是一张名片，上面有他的联系号码和 MSN。他说：“我叫安蔻，如果生活上或者学习上遇到什么困惑的地方，欢迎给我发邮件。”

【美女就是第一生产力】

回校的时候，西天已经升起一弯细细的上玄月，像笑脸上弯弯的唇。路边的音像店在播着一首很老的歌：早知情会如此难枕，爱会如此伤痕，当初何必太认真。

“喂，你觉得刚才那个安医生说的话，可信度有几成？不管怎样，我觉得对陌生人还是保持一点警惕为妙，女孩子要学会保护自己知道吗。你那么笨，才刚刚陷入‘偷拍门’，别好了伤疤忘了疼。”螳螂终于开口打破了沉静。恩雅望着他那张诚挚的包子脸，这个在外面吃饭永远带自己的象牙筷子和汤勺的男生，穿的衣服价格动辄三四位数让人嫉妒得牙齿发酸的男生，无论是外表还是语气永远都是不可一世的男生，在月光下的他，眼神竟温柔得让人错觉可以掐出水来，不复桀骜。

“别说得像我走路都会被一个子弹给崩脑门似的好不。不然我还没被暗杀之前，就先被你的危言耸听给吓死了。”

恩雅低下头看着自己形影不离的黑色投影，心想：或许阴晴圆缺总会在一段爱情中不断上演，任谁都无法圆满，永无遗憾。

顾帆远，爱上了你，我才领略什么叫思念的滋味、分离的愁苦和妒忌的煎熬，还有那无休止的占有欲。为什么你的一举一动都让我心潮起伏？为什么我总害怕时光飞逝而无法与你终生厮守？

这段时间发生在自己身上的事情实在太多了，好的坏的。所以五一假期到来之前，她想计划一场短期旅行。

是要去天高云淡的拉萨，虔诚地匍匐于布达拉宫前念诵一遍经筒里的诗文祈求幸福安康，还是去繁华富饶的香港，感受一下维多利亚港的旷世瞩目，观一场惊心动魄的赛马？

最后，经过螳螂提议，由他抛硬币决定。硬币朝上，去西藏；硬币朝下，去香港。鲁迅先生说，希望是本无所谓有，无所谓无的……

其实梁恩雅内心的天平还是偏向于古老神秘而遥远的西藏的。不过硬币却是向下。小正太黄伟晋高兴得跳了起来:“哦耶,可以去迪士尼乐园啦!”

林晓凡掐了他一把:“还是留着给我买打折的施华洛世奇项链吧……我昨天才上网看了,比大陆便宜好几百呢!”

螳螂凑到梁恩雅耳边,瓮声瓮气地总结道:“呵呵,说到底,你们女人还真是虚荣的生物。”

原本以为旅游的提议在群里一发,便会有很多人如雨后春笋般纷纷响应。谁知道那帮宅男宅女,都打算用吃喝睡来打发假期。有人马上咆哮道:为什么有人在烧钱,有人却在没钱!更有极品说:欢迎电洽制作导游证,为您省去门票钱,仿真度高达 99.99999%。

都是些不中正题的家伙,恩雅突然记起她上次加了蒋敏仪。想想她心情应该还不好受,不妨问她要不要去一个崭新的地方换个心情?

点开了对话框,看到对方的签名是:喜欢一个人,是不会有痛苦的。爱一个人,也许有绵长的痛苦,但他给我的快乐,也是世上最大的快乐。爱的本质一如生命的单纯与温柔。

隐身的蒋敏仪得知这个消息仿佛喜出望外,一连发了几句“我真的可以加入你们吗,学姐?”

恩雅刚回了一个“鼓掌欢迎”的表情就后悔了,因为蒋敏仪的红色五号字体此时飞过来一句话:既然这样,学姐也应该不会介意我叫上笙箫吧?趁着他还没出国,我想和他一起获得这最后一段美好的回忆。呵呵,或许就像刘若英和黄立行唱的那样，这是我们的“分开旅行”。

什么是回忆？回忆就是落在掌心的手可盈握的雨水，无论你摊开还是握紧，终究还是会从指缝中一滴一滴流淌干净。谁又能将它永久封存或者一手推开？无能为力。恩雅心想：糟了，这不是在帮倒忙嘛!？本来希望蒋敏仪尽快忘掉他的，可是对于现在的她，多呆一秒钟就多一份眷恋。

然而梁恩雅也只能答应。

最后得到的消息是，螳螂问小郑元畅去不去的时候，他爽快地答应了：“既然你也去，那我也不愁跟她单独相处会尴尬吧。”

唯一让她兴奋的是，林晓凡竟然瞒着所有人帮自己约了顾帆远！本来五一准备回家的顾帆远，特意加入了他们的港游之旅。林晓凡是在出发前一晚才给梁恩雅的惊喜，得意地扭着腰肢：“看吧，美女就是第一生产力，盖过任何高科技！这是俘虏芳心的良机，请梁大小姐好好把握!”梁恩雅不仅为顾帆远加入而高兴，也为林晓凡而高兴，看来她最近不再受她家灭绝师太的困扰了。

后来她才知道了一个令她汗颜的答案，因为林晓凡将对方的手机号拉入了拒接黑名单!

【所有的悲伤总会留下一丝欢乐的线索，所有的遗憾总会留下一处完美的角落】

签证完毕，看着大包小包出现在校门口的几个女生，螳螂感慨道：“你们这是要搬家么！女人就是麻烦，瓶瓶罐罐的一大堆。”

林晓凡不服气，打开他的背包一看，几件换洗的衣服，一个佳能50D单反，一个电吹风，一块备用手机电池，一个电动剃须刀，一瓶卡尼尔保湿爽肤水，一盒定型发泥，一把零钞和一张银行卡。嘟嘟嘴道：“你的也不少家当嘛，对了，我现在才想起我忘了带360度的矿泉深层保湿面膜！”

梁恩雅想起螳螂这厮，最近的个性签名是：老子自认为有点品位，不多，刚刚够用。

当时她还在评论那里嘲笑他：喵呜，仙度瑞拉的神仙教母，快來拯救这只迷途羔羊！

如今看来，的确还有那么一点范儿。

在此之前，当恩雅问及他为什么迟迟不找个女朋友时，他很潇洒地说了一句当场被她唾弃一百次的话：“爷身边啥时候缺过女人？如果公开招募的话，恐怕会引起广大女同胞的恶斗和妇联的恐慌。所以还是算了吧！不然后宫佳丽三千人，铁杵磨成绣花针。”

其实过海关时还发生了一点小波澜。顾帆远的身份证被指和通行证差距太大，被海关工作人员要求出示学生证。身份证照片里的他傻气得要死，放到人群里就马上淹没的芸芸众生之一。林晓凡抢过来时这样感叹：“还好你不是像那些童星一样，大了就长残了，快将你越变越帅的秘诀分享给现场男同胞吧！”

他笑得很不好意思：“往事不堪回首，其实这也跟拍照水平有关，我自己都不敢认他了,我们是最熟悉的陌生人!”恩雅偷偷望了他一眼,阳光把他的耳朵都映得透明,看得见里面红色的毛细血管。笑颜如同花期漫长的蔷薇,繁衍了一朵又一朵。

对了,遗漏交代了一个细节。上次从破屋避雨回来后,发现顾帆远上衣的一个纽扣不知什么时候已经掉落了。于是梁恩雅拿回去重新找了一颗颜色相近的缝了上去。现在那颗缝得很难看的扣子都还在上面,顾帆远居然没有换掉。她又站在码头那里傻傻地笑了起来。

——顾帆远,明媚如同这五月艳阳天的你,潮湿哀伤如同积雨云的你,晴天雨天,哪个才是真的你?恩雅捂着左侧的胸口。暗自爱慕一个人的感觉,好似咬食一根薄荷糖,舌尖上微微泛起的凉甜味道,还带着些许的辛辣。如果天不遂人愿,那么爱你这个秘密,我将终生温柔地守口如瓶。

大家一路有说有笑,螳螂不停怂恿和撺鼓着钟笙箫做伴,一路高歌,不过更多时候倒是他一个人在扮演独角戏。二十岁前后的男生女生,精力是充沛到泛滥的。每个人都想:若是这条路没有尽头该有多好。几个年轻人除了螳螂之外,都是第一次来到香港,光这里所有司机驾驶位都在右边就已经让他们觉得新奇了。毕竟以前都只是在 TVB 看看而已。不过螳螂这个含着金汤匙长大的“福娃”呢,虽年纪轻轻,但钱夹一翻开里面都是让人目不暇接的台湾护照、台胞证、香港出入境许可、德国和台湾驾照、不同银行的信用卡……

抵达“东方之珠”,下了车之后,螳螂就指着走在前面的林晓凡那一对说:“喂！小钟,我讨厌替女朋友背手提包的男人！特傻！每个傻男人的背后都有个压倒性的女人,又不是人家女生没长手,恋个爱都残废了不成？你可别这样做,我会鄙视你的……”

“怎么会。”

钟笙箫答得干脆。他用手扶了扶遮阳眼镜,镜片泛着森冷的白光,转而又压低了声音问他:“你语气酸得像刚切开的柠檬片欸,不会是嫉妒人家吧？啊！难道你喜欢……”

“……无稽之谈,我只是在想他们会不会当众深情对唱《纤夫的爱》……”

其实螳螂以前就跟梁恩雅抱怨过他看黄炜晋不顺眼:太娘太瘦,没男子气魄,脸白得像吸血鬼怀疑是擦了粉底,身上还有一股胭脂味。当时梁恩雅还因此反驳说:“人家不过长得漂亮,你就心理扭曲成这样,至于吗。”

不过她其实心里明白螳螂这个人也只是爱耍耍嘴皮子损人,内心还是比很多人要好得多的。

但隔墙有耳,后来这件事不知道怎么就传到了黄炜晋耳朵里。他依然像第一次认识的时候一样,杀气腾腾就找到了螳螂:“死螳螂,我哪里有擦粉底了！你摸摸看,摸摸看!”说完就抓起他的手往自己脸上拉去。螳螂火冒三丈,两个人当场干了一架。

所以现在两个人虽然表面和平,但内心却在冷战,谁都不愿意先跟对方道歉,哪怕是交谈。

恩雅看了看钟笙箫，散发着棕榈香的吉他在宽阔后背随着身体而显出微微摇动的幅度，冷峻的脸庞带着拒人千里的气质。按照林晓凡的特色造句来说，就是“你现在如果有一双雪橇，就可以在他脸上滑雪”，那种冷冰冰的森严叫人觉得阴郁。恩雅这次看得很清楚，是真的长得很英伦风，比郑元畅的五官更深邃。他有一双琥珀色的瞳仁，自然卷的头发在阳光下呈柠檬黄。她不敢和他走得太近，连身后的蒋敏仪也是以亦步亦趋那种姿态跟随着。以前两个人有过的甜蜜，现在大概都横亘成了长长的沉默吧。

不过恩雅想到这是他们几个难得聚在一块完成同一件事，心里就觉得已经很知足了。

林晓凡果真如愿以偿地戴上了小正太黄炜晋送的施华洛世奇项链，她心满意足地对着镜子左瞅瞅右摸摸，然后在黄炜晋的盛赞之下春风得意。

“好看吗？”

“嗯，赏心悦目、天生丽质、雍容华贵……”

“等等，这些词太落入俗套了！请用‘倾国倾城’，谢谢合作……”

然后大家看着他捏着瘪掉的钱包顶着那张哭笑不得的苦瓜脸都乐了：“恭喜你成为我们中间第一个大‘负’翁！”

当然，这个“大家”里面没有包括螳螂。

【风情万种香港之行】

白天坐游艇观光离岛大屿山水的风貌，享受日光最直接的温度。傍晚，露营时光开始。在倒V字的暗绿色树荫下，海天一色都是蔚蓝而透澈的，绸缎一样的沙滩上细沙如银,凉风习习,蔚蓝色的海浪亲吻着脚趾。最后一个个都累得像软体动物,于是搭帐篷,捡贝壳,吃烤肉,围着篝火玩游戏。从"杀人游戏"到"江湖砍刀"再到"男女速配"……活动基地组织还为他们旅行团安排了沙滩排球、沙滩拔河的活动。

那时候的顾帆远被林晓凡他们故意"分配"到恩雅一组。他们的默契指数爆棚,总是能在紧要关头把对手打败。篝火映着在场所有人明媚的脸,恩雅突然宽慰地想:因为全心爱一个人,而感觉到自己生命的意义,这就是我们从爱情上得到的最大回报了。至于对方能回报我们多少爱,似乎在那一刻已经不是最重要的了。

然而螳螂脸上似乎写满了不爽,当他赢了"大冒险"的时候,竟然对梁恩雅提出要求:"来来来,捧着我的脸,念一遍:唐龙是天底下最迷人的帅哥哥!要用深情款款的那种语调哦!"

黄炜晋故意依偎到林晓凡怀里娇嗔道:"哦,我不行了,有些人从何而来如此坚挺的自信,我忍不住要吐了……"

他一趴下脸离篝火太近,整个脸被熏黑了,许久不开口的顾帆远就揉着他的脸笑了:"呐,涂黑色的粉底也是一种境界。"他们两个人不和的事情他早有所耳闻,所以旅行一开始就希望他们能一笑泯恩仇。

夜深了,恩雅和林晓凡剥瓜子吃,看着晓凡用五个爪子来吃瓜子另外五个爪子用来跟小正太在短信里打情骂俏,隐隐约约有一些"滚,要不是你老娘现在还玉洁冰清着呢”之类让人毛骨悚然的字眼。果然恋人之间感情的不断加深是建立在短信、话费狂涨的痛苦之上的。她撇过头的时候发现，同在一个帐篷里过夜的蒋敏仪呆呆坐在门口望着外面。

“敏仪，怎么不过来一起吃瓜子呢？”她问。

穿着单薄睡衣裤的恩雅用婴儿的动作爬到蒋敏仪身边，与此同时她也知道了对方坐在那里发呆的原因。

钟笙箫坐在外面背对着她们，白色纸板放在膝盖上，正在写写画画。旁边是螳螂在发问：“你在干吗，画了一堆小蝌蚪和豆芽菜。”两个人的身后是白天留下的深浅不一的凌乱脚印。

坐在帐篷里和顾帆远下棋的黄炜晋头也不偏，却意味深长地说：“现在一些不学无术的青年真是让人痛心疾首呀，连五线谱都不认识。”

恩雅有两个感慨：第一个是这几个男的真有雅兴，第二个更为强烈的感慨就是小正太真厉害，不看也知道……不过估计他也只是耳朵灵，下午就听到了钟笙箫说要创作一首歌纪念这次旅行的消息了吧？恩雅心想，螳螂估计是不想和他待在一个屋檐下，刚好黄金假期游客特多，帐篷又租光了，才不得已和钟笙箫出来外面吹风的，谁知道他这么不知好歹，还多嘴。

但螳螂很绅士风度，没搭理他，只是嘴角牵出不屑的笑意，然后在钟笙箫说“写好了”之后，站起身来解下他背后的吉他，就着乐谱拨动琴弦弹唱起来。钟笙箫在他唱了几句之后，也开始给他和音。

蒋敏仪突然就把头埋在恩雅怀里低声啜泣起来了，肩膀一抽一抽的，她问："你们觉得这歌快乐吗，我怎么一听就想哭了呢？"

这世上，没有谁非谁不可。更多时候，放不开是因为不甘心。不甘心曾经属于自己的那些美好此刻被另一个人霸占了去。他们打心底觉得爱还在。所以，才会有那么多为情所困的痴男怨女。

恩雅一边无济于事地安慰她，一边歪过脑袋看到林晓凡的视线正穿过蒋敏仪低下的头直奔钟笙箫，眼里发出光芒四射的狼女之光，仿佛这明亮来源于对方头上的光环。她是想如果蒋敏仪不在黄伟晋不在的话，这个女人绝对会冲过去把他扑倒。一想到这里，梁恩雅就非常不专业就想要笑出来。

海风轻轻揉乱了两个男孩的发，两个才貌双全的视觉系美男子华丽登场，像两只歌声嘹亮飞于高处的海鸟，吸引了很多游客出来远远观赏着。他们纷纷掏出手机出来拍照——除了拍照，他们还饶有节奏地扭动着身体挥舞着手机为他们和拍子。小小的屏幕在夜色里像星空投映在海面上的波光粼粼的斑驳星光。歌声伴着涛声，让这个夜晚显得风情而浪漫。

而钟笙箫冷静的表情，僵硬的身躯，与身边完全投入激情呐喊的人们相比，足以被划分为一个异类的存在。

情绪激昂处，螳螂则潇洒地甩掉了上衣，身上黏着的细微沙砾仿佛碎钻一般。有一个外国的年轻女游客用蹩脚的中文对他的同伴讲了一句话，将梁恩雅她们雷得外焦里嫩。

她说："如果每个男生都有他这样胸大腰细的身材，全世界的 A CUP 女生全都可以去死了！"

【我积攒满海岸的花为你守候，你却在背后没收她给的温柔】

隔日，梁恩雅刚醒过来，起身裹上外套提着拖鞋去最近的洗手间小解回来，便看到顾帆远一个人坐在海滩那里等待日出。东边升起的鱼肚白像极地里唯一的光，将他瘦削修长的身体罩住。

他是否又想起了与少女廖麒真那个永无可兑现和翻身之地的誓约？

恩雅提着裙角慢慢走过去，生怕惊动了这静谧。

“你有什么心事吗？”

“你有没有看到沿着海岸线牵手漫步的那对老人？我想起我爷爷奶奶了。”

“呵，你是双子座的吧？我曾经在一本书上看到过一句话：最是寂寞双子座。”

恩雅慢慢才在他的回忆中了解到：他十八岁那年，老人双双病重，他却因为即将要参加高考而被父母亲隐瞒着这么重要的事情。连爷爷奶奶的最后一面都再无机会见到。不能让他们看到自己如愿以偿拿到的重点大学录取通知书，这是顾帆远此生最大的遗憾。

“唔，他们也是出于怕影响你升学考试的想法才对你隐瞒的吧。”

顾帆远开始用指尖在沙滩上画画。最高个子的是爷爷，中间最矮的是自己，右边再高一些的是奶奶，“凹”字形的三口子。

他的手如同帕金森患者一样控制不住颤栗着。他目光投向不知名的远方，对着海面轻轻念着泰戈尔的诗句，像一个前路不明的游吟诗人。

我遇见了你，在黑夜触及白昼边缘的地方，在光明惊动黑暗并催它化为黎明的地方，在波浪把亲吻从此岸送到彼岸的地方。

从深不可测的一片蔚蓝的心里，传来一声金色的召唤，我越过泪水的黄昏，竭力凝视你的脸，却无法确定是否看见了你。

他有一口温润得可以掐出水来的南方特色嗓音，曾经有个女孩子塞过一封内容暧昧的手写信给他。她在信里说：你的声音像一壶法国的陈年葡萄美酒，我只听一次，就醉了。

"爷爷病危的时候，我住乡下的大伯扛了两麻袋青菜坐三轮车到医院看望他。三婶居然故意背着他的面跟我妈说，现在超市有什么东西买不到啊，萝卜土豆那么重也拿上来。

我妈问她，你知不知道，这次大伯带了多少钱来？三婶一脸不屑地嘟着嘴比起了四根手指。

'四万？他不会是买彩票赢的吧！'

'四千！'三婶的音调一下子变得刺耳：'那么点儿钱，居然还拿得出手。'

后来爷爷当晚就离开人世了，也没用着他们多少钱。奶奶年纪也大了，扛不住这种孤寡的凄苦，两个月之后也安然地与世长辞了。"

男生的身体柔软地浸泡在风里，毛茸茸的边缘泛起色泽悠远的光晕。恩雅看到他闪烁的眉睫，忽然被男生问到："你觉得人活在这样现实物质的一个世界里，还喜欢沉溺于过去是不是很愚蠢？你会不会打心眼里超瞧不起我这种人?”

他不明白为什么老人们将儿女含辛茹苦地抚养长大了之后,却要各自安家天各一方,他不明白为什么说好的幸福、简单的快乐都变成了奢侈,谎言会代替了誓言。

我们小的时候,都觉得自己的未来会闪闪发光,然而一旦长大,却发现没有多少事能遂自己心之所愿。

顾帆远让女生忽然想起哥哥梁耀川笔下提及过的一个充满传奇色彩的历史人物,路德维希二世。此人是天鹅堡的构建者,巴伐利亚的国王。他偏执而又脆弱敏感,不满于自己有名无实的身份。他暗恋表姐茜茜公主,所以22岁时在婚礼举行的前两天突然对外宣布解除与巴伐利亚公主苏菲的婚约,此后终生未娶,致力于创造自己的童话世界新天鹅堡。人们难以理解他的偏执,认为这个国王疯了。1886年,路德维希二世被他的臣民废黜,三天后被发现死于阿尔卑斯湖畔,享年41岁。

恩雅想去拉他的手,轰轰烈烈视死如归地说一句:呵,我亲爱的偏执狂啊,人生若处处只如初见,哪来那么多的感伤离别?只要能和你开心地在一起,过去不重要,未来不重要,面子不重要,金钱不重要,时间不重要,自己也不重要。你在心这里的位置,叫做无可替代。

在此之前,她从不知道原来爱可以支撑一个人,让她变得包容和伟大。

这个时候,螳螂他们居然闹哄哄地全部爬起来了。

“快出去拍日出啦!还睡什么懒觉!”他在用脚暴力地踹醒钟笙箫。

“你是想拍那些洋妞的比基尼吧！醉翁之意不在酒。”

梁恩雅和顾帆远回头一看，啊，竟然一片大好春光。大家精神抖擞地“轻装上阵”，男生还露两点，林晓凡指着肋骨根根分明的黄纬晋说：“你看你这不足一百斤的小身板儿，扔到猪肉案子上，人家都不乐意给你一刀。”小正太反驳说：“你没有眼光我这叫骨骼清奇！要是在古代可是学武的最佳材料！”

刚说完他就停止了手头正调戏那只淡水乌龟的活儿，蹲了一个牢实的马步给了满脸不屑的林晓凡一个拦腰公主抱，林晓凡“啊”的一声惨叫起来。后来当被梁恩雅问及原因时，她哭丧着脸说：“因为我现在还有点重，体重还不是最理想的状态……”

哦，三根黑线的恩雅此刻徘徊着自己是否应该配合地默念起席慕蓉的：如何让我遇上你，在我最美丽的时刻……谁知道这个女人出尔反尔，反而心服口服地对汗流满面的黄炜晋说：“你看过《蓝色生死恋》吗？女主角最后死在海边，男主角背她回去，挺美的。我看你力大如牛，背我走路应该没问题。”

壮观的日出里，空气像冰镇过的柠檬水一样沁凉，一行人游览了宝莲寺，参观了东涌炮台，吃完了银矿湾的小吃，搜集了当地特产，再到了购物中心奢靡一把扫完货，三天两夜的香港游就这样告一段落。快乐的时光总是很短暂，所以才倍显弥足珍贵。

第六章

如果没有你，没有过去，我不会有伤心，但是有如果，还是要爱你

【不成功……十八天后又是一条好汉】

不知道学校那帮八婆怎么听到顾帆远和她在一起这样的绯闻的。总之，自认为是冷门教教主的她最近联系特别频繁，短信、飞信、QQ 齐发力。比如“听说你们一起去香港度蜜月了呀？你好幸福啊！简直过着神仙眷侣的生活……”“雅雅，你们牵手了吧，跟顾帆远接吻是什么感觉呀？”“你可不可以偷一根他的头发送给我，我要保存起来，不要那么小气嘛”，甚至还有人大胆地问“顾帆远的 SIZE 大吗”……

真是越来越不像话，成何体统嘛！她真想送这些变态女人一记河东狮吼。

月色朦胧，星象混乱，像别在窗口的风景画。这时候看风景的人在想着顾帆远，而他又在想着谁呢？会不会还在倔强地对青梅竹马的廖麒真念念不忘？红日下的他让她想起几米的《月亮忘记了》。小男孩怀抱的月亮，温暖，亦是无尽孤独的。

感伤油然而生。然而她却依然还是学着顾帆远说话的腔调对自己说：“梁恩雅，你很棒啊，我喜欢你很久了呢！就算没有人喜欢你，你也有喜欢别人的权利。就算你不再喜欢别人了，你也可以喜欢你自己。你如果连自己都不喜欢自己，还指望谁来喜欢你！”

然后，嘴角扬起一个大大的微笑。

第二天来串门的林晓凡挑着嘴唇说：“你最近变了。”

恩雅不解地问:“哪有?”

“还没有吗,以前叫你上课的时候,你都很随便,现在左一套右一套地比试着衣服,还得用烫发棒卷头发,你不嫌累呀?为什么不光明磊落一点?赶紧别再犹豫,跟人家告白了吧!成功最好,不成功……十八天后又是一条好汉!”

然而跟林晓凡五百年前是一家子的林夕先生却说过:千万不要错过这个过程,太早表白不好,谈爱情是一个慢慢的过程。最美的距离往往是两个人相处的细节,比如一起看了场电影,感觉两个人拉近一点。可是等了一周或者一个月后,两个人之间还是没有任何消息,距离就又远了。这种不确定性如果画成线,就是波浪形的,不是平的。会近一点,会远一点。

而当天,那群八卦协会的女孩子们突然传播流言的原因终于也显山露水了!

事情的起因是源于顾帆远写给梁恩雅的情书被某个清洁教室的女生捡到了,当天值日的她从他的抽屉里发现这封尚未来得及揉成纸团的情书,然后,这个冰山王子的钟情对象开始被广泛地人肉搜索,最后连梁恩雅她们系的女生都得知了!大家纷纷在课间跑来看这个被顾帆远书信告白的女生到底是何等的三头六臂、法力无边!

梁恩雅顿时觉得自己是外星人一样被围观着。他们班的老师却很自我陶醉地问班里的同学:“咦,怎么最近很多同学跑来蹭我讲的课?”

……

这个事情实在太糟糕了。她要如何告诉林晓凡，那封情书其实是她模仿顾帆远在“爱的漂流记事本”上面的笔迹写下来送给自己的。她不敢风风火火地用激烈的实际行动来表达真心，于是这个举动本身也成为了暗恋男生的一个环节，初衷也只是为了给自己灌输慰藉和鼓舞的力量。谁知道她将他的字体临摹得太过逼真，又偏偏那封夹在课本中的书信最后大意地落在了过道上，所以导致了这场轩然大波。

而她原本最欣慰的地方，就是自己对顾帆远的喜欢起码是自发而又安静的，憨厚而无害，愚钝而婉转，善解人意冷暖自知，不会对他造成任何困扰。

庆幸的是顾帆远最后也没站出来澄清。于是这个传言也就不了了之，被学院里层出不穷的新的绯闻所掩埋过去。恩雅内心一边自责自己的粗心大意一边懊恼地想，如果被他知道这件蠢事竟然是她一手造成的，那他会多么厌恶自己的自作多情和一厢情愿呐！这样的浪漫情怀不应该在步入 18 岁之后就被自己雪藏起来了么？

梁恩雅没有告诉任何人，后来自己其实有去找过廖麒真，甚至还有过一场掏心掏肺地面对面交谈。

莱茵河咖啡厅的包厢茶座里，廖麒真穿一件米黄色的貂绒毛外套，皮靴套在雪白小腿上，化了一点精致的淡妆，让她看上去与身后那些妆化得像宣传栏里的劣质画报的女孩们一眼就能区别开来。听完坐在对面的恩雅慢慢讲完顾帆远的良苦用心，然后抿了一杯咖啡，淡淡的笑纹自嘴角蔓延开来：

“其实你不仅仅是顾帆远的挚友或者红颜知己吧，一个女人肯为一个男人做这么多，心平气和地静下心来和另一个女人聊他的点点滴滴，要么就是爱到深入骨髓，要么就是这个男人和自己毫无干系。”

廖麒真是聪明如斯的女孩子，嗅觉敏锐如灵狐。她说，她从来就没有忘记过和顾帆远许下的约定，虽然现在自己表面与普通的女孩子无异，但身心早已残缺。

【请你帮我好好爱他，让他背上一双翅膀，去想要的地方】

“恩雅，我如果告诉你一个只属于我们两个人之间的秘密往事，你会信守承诺替我保密么?”

“一定，我以我的人格担保。只要你肯信任于我。”恩雅的眼神里露出不容亵渎的圣洁光泽。

廖麒真说：“我永远不能忘记那个雨夜，我留在教室写作业，那个禽兽将我叫到办公室，撕裂我的衣衫，酒精的气味铺天盖地的画面。”

他是她的物理老师，三十岁，已组建了幸福完满的家庭，有贤淑的妻子和五岁大的女儿。那一天，因为和妻子吵架而喝得酩酊大醉，做出了自己都不能原谅的下流举止。清醒之后他在她面前双膝着地久跪不起，央求她不要去揭发他，他不能失去他的妻子，他还要对刚懂事的女儿负责。她拿他的保温壶砸他，用钢笔尖戳他，对他吼：“那谁来对我负责?”

她甩掉了他乞求的手，在他说了那句“我会倾尽所能想办法弥补你的”

之后，冲进了漫漫雨帘里，脸上的泪水和雨水交融在一起，咸苦的味道。

后来他辞职了，搬家了，她交学费的卡上总会隔一段时间便莫名多出一笔钱。她笑，将那些数目匿名悉数捐给灾区失学儿童。

不是没有想过死。但一看到父母关切的眼神和问候，又将那些想法扼杀在了脑子里面。这样一走了之未免太不负责任。自己图得痛快，但垂垂老去的父母又有谁来照顾赡养？一想到父母老来无依，她便内疚得想给意欲自行了断的自己几个耳光。

只是每次痛苦到极致，她便用彻骨的冷水，洗遍自己身体上每一寸肌肤。

现在的她像一只刺猬，狠狠用尖锐的刺将自己包围。身边的男朋友换了又换，但每次男生和自己亲吻并且想要发生进一步的肢体上的亲密接触时，她的胃内都会翻江倒海，觉得恶心，龌龊，肮脏。脑海里不断轮回着那个噩梦一样的灰色记忆。最后终于还是避不过分手这个结局，近乎绝望的殊途同归。

所以，就算一早就答应和顾帆远在一起，最后必然还是会因为这份长年累月以来养成的多疑和不信任，免不了奚落他、厌恶他、轻薄他、甚至亵渎了他的爱情吧。在一起之后再分开，比从来不曾在一起要来得更加令他伤痛和难过吧？

我们无力面对你爱的人不爱你，更无力面对一个爱你很久的人突然转身离去。有一天当他真的离开了，你会发现，离不开彼此的是你，不是他。

这是隐忍而坚毅的女孩子，因为不愿意伤害别人而自我承受自我幻灭的女孩子。在后来幻灭的时光里，梁恩雅总能看见她不存在的脸，听见她虚拟的倾诉词。

凭良心讲，一开始偷拍照流传出来的时候，梁恩雅也不是没有想过是不是廖麒真在幕后指挥和作祟，揣着就算自己放掉的别人也别想要的变态心理，现代人可当真为数不少。拍下后给了本校的女生帮忙操作也不是不可能，但现在这些疑虑统统都被自己否定掉了。

看着对面泪流满面的女生，她也早已眼眶湿热。她只能聆听，不去打断也不发表任何意见，生怕亵渎了她。

她透明的眼泪透过捂住眼睛的手指缝隙淌了出来："恩雅你说，为什么这个世界上就不能有逾越生理的爱情？这些男人和那群无性不欢的雄性动物有什么区别！"

说到激动之处，她原本红润的脸色恍如一张可以撕碎的白纸，手掌啪地打到桌面上，清脆冷冽，咖啡壶被震得发出微微的晃动。还好是包厢，不然此刻的状况一定吸引了很多对眼球望过来。

"对不起，刚刚失态了。"廖麒真随即控制住了自己的情绪，掏出纸巾擦拭着因为咬紧牙关的缘故而渗透出来血渍的牙龈，神色渐渐平静下来。她的心事就如同一壶灌得太满的咖啡，终于源源不断地溢出来，对一个并无深交面容真挚的女子。安妮宝贝说：女人间的友情，包含着某种信仰，深不可测，在彼此的灵魂里寻找一条通往世界的路。

恩雅坐过去环住她微微抖动的身体。廖麒真将头斜倚在她的肩胛骨上,柔顺的头发像瀑布一样垂落下来。她的视线里是栗色的发,像远方迷雾纠缠的森林在秋季干枯败落后的模样。馥郁芬芳,充满了幽远清拔的香气。

请你帮我好好爱他,让他背上一双翅膀,陪他一起飞翔,去想要的地方。漠河的极光你们有生之年要一起去看。你已经开始让他看到爱情的轮廓了,不需要对谁拱手相让。

这是廖麒真三天后寄过来的明信片上面写的一段话。她如获至宝地将卡片夹在“爱的漂流记事本”的最后一页。

【愿我如星君如月,夜夜流光相皎洁】

恩雅觉得,也是该到表白的时候了。契机来了,小道消息显示 5 月 28 日是顾帆远的生日。

她和林晓凡蹲点在顾帆远的寝室楼下等,百无聊赖地坐在花坛边上一个一个地数美男,再一堆一堆地数美男,最后林晓凡终于忍不住发出了败犬的长嚎:人类的进化为什么如此缓慢啊!

梁恩雅愣了愣,像一只无尾熊一样将手肘放在膝盖,下巴抵着冰凉的手掌,眼睛无神地望着远处开始次第点亮连成一片的灯火,心里塞满了乌云。

神秘男主角顾同学还没出现,从食堂回来的苏洛川却悲剧地发现了她们。

这个人生乐趣似乎是“用励志的外貌和犀利的人品,成就低调人生”的苏猩猩正缓缓地挪动着身子走过来,仿佛自动屏蔽了林晓凡的存在,直接对梁恩雅说了一句让她火冒三丈的话。

“怎么今天有这闲情坐在这里搔首弄姿,没去看店呀?”语气俨然是一副天赋异禀的贱客口吻。

还没等她们回答,他又一副恍然大悟的样子:“哦……是不是在等你的老情人顾帆远?上次你们在野外激情的照片我还珍藏着呢!哈哈哈。”

“靠,原来偷拍的幕后黑手是你!”林晓凡按捺不住内心的怒火,嗖地站起身骂道:“哦,就你洁身自好,该立个贞洁坊!人家小两口恩爱关你屁事呀!别以为我们不知道有修改IP地址这种卑劣伎俩的存在!”

“你这只几百瓦的电灯泡,没有证据别含血喷人!难道你能控制我的手不去下载吗,可笑至极!”对方嚼着口香糖满不在乎地回答道。

“我们会找到证据给你看的。”梁恩雅一脸坚定地看着他,终于也忍不住他嚣张的气焰将林晓凡挡在身后帮腔道。

“对,看那时候你这只死胖子还能猖狂多久!真不知道沈若彤是不是高度近视,怎么会看上你这样阴暗卑鄙的小人!”林晓凡对他嗤之以鼻。

“好,很好!这可是你们自己说的,没人拿刀架在你们脖子上。”苏洛川整个脸涨成了红屁股,毕竟打女人是一般男人不会做的事情,他也只好忍了:“哼,好男不跟女斗,我给你们一个月时间,如果两周内不能找到是我偷拍的确凿证据,那我就告诉我爸,以诽谤的名义将你们俩全校通报批评!”

当林晓凡对着他忿忿离去的背影扮鬼脸唾弃时,顾帆远就不合时宜地出现了。他穿了一件彩虹条纹的T恤，是KAPPA本季度最新款，和梁恩雅身上的海魂衫刚好很搭很像情侣。

“你们俩在这里做什么？刚是跟谁在掐架啊？”看样子他还在蒙在鼓里一副不知情的样子。

林晓凡一肚子气没处发泄，就拿他来当灭火器：“还不是在等寿星公你！怕你有在进行什么节目，恩雅怕打搅你们就不敢打电话给你，所以就一直坐在这里等，喂蚊子喂得一腿都是包！”

“唔，干吗这么大反应？我只是陈述我所看到的事实罢了。”

“事实？好，我来让你面对事实，事实就是你喜欢的人根本就是恩雅！每次你看向她的眼神内容根本就不一样！”

恩雅虽然被苏洛川败了兴致，蹦不起来也笑不出来，但仍然是温柔的样子对好友说道：“晓凡！你脑子是被电梯门夹坏了吧！”然后转而对顾帆远说：“还好，你没有夜不归宿。”

林晓凡不知道为什么，反常地郁闷地说了句：“重色轻友……算了，苏洛川说得对，我不当电灯泡了，你们两个好好庆祝吧，拜拜！”

纳闷的顾帆远皱了皱眉头，然后对梁恩雅说：“走，我请你去吃麦当劳。”

“其实我知道晓凡为什么生气，你千万别放在心上啊。她不是在气你，是气我。气我为什么这么孬种，连‘在等着帮你庆祝生日’这样的话都不敢说出口啦！”

“真的很感谢你，要不我……我以身相许吧！”顾帆远抓着头发笑道。

顾帆远说自己那么晚才出现的原因是去一家单位面试了。人很多，他抽到的牌号刚好在最后一个。哦，对了，忘了说，高考因为突然高烧而发挥失常的他，只是考到了这座院校的专科分数。

“现在就业形势这么严峻，所以我也没办法，只能给那家面试官多一点耐心，哈哈，不过似乎没白等，效果还是可以的。”他说。

坐在麦当劳明净的落地窗前，恩雅从包里拿出一个心形的红色盒子：“生日快乐！这份小小薄礼希望你能够喜欢。”

“太意外了，谢谢你。不过不是之前说好了不收礼物的吗？”

“我没用礼品纸包装，所以不算礼物哦。”恩雅脸上露出狡黠的笑。

她送给顾帆远的是一个便捷领带熨烫夹，因为之前在微博上看到有网友推荐这件功能独特的新宠：

保持一副整齐的仪容能让你显得更加精神焕发，给对方留下一个好印象。这里搜酷为您推荐的这款创意产品叫便捷领带熨烫夹，只需把领带打湿再用夹子拽拽，就能让领带回复平整。它设计小巧，便携方便，可以用USB接口或旅行充电器为它充电。

她希望它能帮助即将踏入职场生涯的他保持整洁的仪表和舒服的心情。

后来，顾帆远骑着自行车穿过长满杉树的林荫路，五月尾巴上的季风之中，有花朵沿路盛开。头顶的阳光透过枝桠的间隙，细细碎碎地洒下来，在他身上投下转瞬即逝的光斑。恩雅坐在后座上，头发纷飞成风的形状。

“抱紧我咯，前面我要加速了！”男生的声音伴着气体的流速抵达耳膜。

夏天本来很吵，可就在将侧脸若即若离地贴在他背上那一刻，世界仿佛变得很安静。

那天晚上，两个人谁都没有叫其他朋友，就在学校附近一家钱柜 KTV 通宵吃着蛋糕唱了一宿的歌。

梁恩雅从来没有见过那样的顾帆远，带着一点任性，一点肆意，那些忧愁和拘谨仿佛从他身体里隐去了。虽然有一点点陌生，但是亲切。鬼哭狼嚎地和隔壁疯狂拼歌，对方唱信乐团，他们就唱五月天，对方唱“最炫民族风”，他们就使出难度系数极高的看家本领来个“青藏高原”，最后喉咙痛得死去活来。

最后梁恩雅喝了几大口蓝带，借着酒壮胆在一首歌的间奏里对男生说：“对不起……其实那个情书，是我模仿你笔迹写的……但是我真的没有想害你，也不是虚荣心作祟，我只是想远远看着你，然后不停给自己加油打气，却不想不小心弄丢了它……”

她坦白时盯着自己的脚尖，眼睛不敢抬起来直视面前的男生。顾帆远有一瞬间的怔忪。但很快，他转过脸来轻轻拥抱着女生，眼眶渐渐发红：“谢谢你，梁恩雅，谢谢你陪我度过人生中最开心的一个生日。其实很早就想要问你，为什么在教学楼下等我，看到我时又转身逃走。为什么总是在我难过得快要窒息的时候出现。为什么每次都不厌其烦地注视我、倾听我。我还看过你送生病的流浪狗去动物医院，看你给乞讨的孩子买香喷喷的盒饭。

我怎么就没有早点遇见你，让我早点爱上你。怎么办，其实刚才林晓凡说得很对，我觉得自己已经开始有点不知不觉喜欢上你了。”

这样软绵绵的情话从男生嘴里说出来，却一点不显得轻佻。抒情的音乐衬得他眉目如画，笑容像百合新生的花瓣一样洁白又矜贵。

爱上一个人，像突发灾难般毫无铺陈，所有神经被他所唤醒，为他打破界限，这是为爱情冒的险。从此，再聪慧的人都再无法游刃有余地得寸进尺，兵败如山倒。

他给了恩雅光洁的额头一个深情的吻。那个吻仿佛封印了她的整个灵魂。恩雅想：或许是因为从小被父母送到另一个地方对他造成的不安全感，加上麒真违约的背叛，才让他一颗温润鲜活的心渐渐蒙蔽上灰尘，对这份感情充满着怀疑和被动的怯懦。

这样想着，内心竟然是欢喜的，至少，这让她看到了黎明前的曙光。

仿佛过了漫长的几个世纪，当恩雅睁开眼的瞬间，却蓦地看到红木门上圆形的透明玻璃孔有一双眼睛正在注视着这一切，紧接着，一条黑影从点歌的屏幕上掠过！

她惊叫着冲了出去，却发现走廊里空空如也，什么也没有。顾帆远说：“你是不是太困出现幻觉了。赶紧躺沙发上睡一睡吧，我保证不乱来，真的。”

恩雅看着他像一个打败仗的士兵那样把手举到头上做投降状咯咯傻笑的样子，所有的紧张和疑虑瞬间都化为乌有了。

她说："有你在，我不怕。"

【怎么最近这帮家伙一个个都怪兮兮的】

朦胧中，顾帆远坐着的身体恰好给自己挡住了屏幕直射过来的光源，一半的边缘湮没在浮翠流丹的光影之中，旋律的节拍像潮汐轻轻拍打着身体的感官。这是她第一次听顾帆远唱歌，刚开始的放不开和紧张感在这个时候终于慢慢被驱散，他唱歌的技巧也越来越收放自如。

我知道爱曾经被你和我闹得像发了烧

怪不得承诺还没过期就失效

这样也好 一路太精彩结局不该逊掉

虽然我们都因此睡不着 我知道你不敢看我脸上那个勉强的笑

因为你能看穿我厚重的礼貌 咖啡的味道不需要品尝我就能够明了

没有加糖 一整个苦到脚

后来我有没有出现过你梦里 我们是彼此回忆的几分之几

如果说很想你 代表说遗憾占据太多比例 我应该常提醒自己寂寞很轻

"是什么歌哦？"

"Tank 的《几分之几》，好听吧？我博客拿它当背景音乐呢，哈哈。"

恩雅记得顾帆远同自己讲过，在清远度过的第一个生日，是廖麒真送了一对烫手的水煮红鸡蛋给他惊喜。她说家里的母鸡下的蛋都又大又美味又营养。

之所以知道他的生辰，是当时做年级学生干部的她从办公室的学生档案处特地留意了他的信息。

顾帆远，你是万人迷，我是单骑兵。你有荧光棒，我有大军旗。

听到动情处，恩雅的脸像流星雨一样迅速划过脸颊，转瞬即逝无人知悉。

醒来时的梁恩雅感觉蜷缩的手臂微微发麻，侧睡的姿势使得整张脸有一半陷在了沙发里，顾帆远还在孜孜不倦地唱着歌，过一会才将注意力从VCR转移到女生身上，语气里带着温柔的宠溺："有只猪昨晚说了梦话。"

"是……是什么？"

"呵，不告诉你！"

"你……"

"其实我也没有听清楚啦。"

"讨厌鬼！"

"真的？"

"这句话我可不可以收回……"

喝完皮蛋瘦肉粥回到寝室的时候已经是早晨七点，林晓凡发信息来说：

大小姐对不起，昨天是我不对，其实我也没生气啦，只是昨天晚上还有一场文艺会演，我是礼仪小姐，所以得先赶到礼堂上妆。

你知道我又不是小气鬼。

不过你要知道，既然苏洛川都放话了，我们只有四个礼拜的时间要搜集证据，我们的时间也不多了，不能放松。让我们一起通力合作、同仇敌忾吧。

后面还有一张笑脸。

恩雅抱着手机笑了。那天晚上那个温柔的吻似乎余温还在，害她都舍不得洗脸了。她觉得整个世界都是甜蜜的，至于能不能搜寻到苏洛川偷拍的证据，是否真的会被通报批评，都已经不再显得那么重要。

恩雅走在路上正浏览着联系人名单，准备打电话给螳螂想跟他商量对策，忽然就撞上了迎面而来的一个人。她说了第二遍“对不起”的时候，才抬起头和对方同时发出“是你啊”的惊叹。

来者是钟笙箫。

“咦，这两天有没有看到螳螂？”

“哦，昨晚才遇到他啊。不过也只是匆匆说了两句话啦。当时他从钱柜里面慌慌张张跑出来，我刚好经过那里。那家伙暴走的神色好奇怪，似乎很紧张的样子耶！我说这家伙最近怎么好像老在忙一些鸡毛蒜皮的小事，连陪我打排球的时间都没有？”

难道……昨晚跟踪和偷窥她跟顾帆远的那个人，竟然是螳螂？

或者换句话说，一直以来制造偷拍事件的，根本就是他？什么银杏苑女生寝室的IP，都是他故意编出来的混淆视听的？怪不得苏洛川一副理直气壮死猪不怕开水烫的样子,他真的是被她们冤枉的?!

越想越复杂,越想越可怕,恩雅拔腿就往螳螂在学校外面的住处跑去。留下一头雾水站在原地的钟笙箫。

他眯着眼睛摇摇头说了句:“怎么最近这帮家伙一个个都怪兮兮的?”

第七章　后青春期之失乐园

【你的心就是我一直所想要去的，最遥远的天涯海角。】

可是赶到螳螂住处的梁恩雅敲了半天的门，也没有任何人响应。她声嘶力竭地对里面喊，“螳螂你到底是不是男人啊？是个爷们就给我开门，大家把我说明白啊！”

门窗关得严严实实的，她上蹿下跳找不到丝毫有缝隙的地方可以往里面窥视。于是她把耳朵贴在上面听，似乎里边也真的没一点儿动静。

那天是个昏沉沉灰扑扑的阴天，早晨九点多的时候天空开始下起了毛毛细雨。很快地，附近一带的店铺都开了灯火，瞬间连成一片锦缎，仿佛上天布置的一场华丽灿烂的甜美幻象，但却丝毫不能给恩雅此刻矛盾混乱的心绪增添一丝一毫的温暖。

她脑子一片空白，虚脱地背靠着门，缓缓坐下来，看雨滴在地上溅出一朵朵透明的水花，以粉身碎骨的姿态。然后汇聚成一条小河流，鼓噪着青色的烟。刚刚还是好好的天，所以自己没带伞。恩雅用手掌摩擦这暴露在空气里的手臂，在取暖的同时忽然就想起林晓凡说过的一句话：“人家说广州四季如春，我被骗来了之后发现这里是春如四季！”

当时恩雅纠正她说：“不对不对，是每个季节都如四季。”

不知道是什么缘故，她突然就矫情地多了一些发散的思绪。比如“天空想亲吻遥远的大地，所以有了雨水；大地想还天空一个拥抱，所以有了风”这样高中时期作文里才会出现的小女生情怀。

固执如她，就坐在门口的阶梯上面等。约莫半个钟头过去，雨势渐趋于微弱，梁恩雅刚失落地转过身，忽然就看到了螳螂。他就站在街的对面，斜倚在公交车站灯火通明的广告牌上，正在微微侧头地吸烟，沉沉雾霭里寒风乍起，他抬起左手来为火机挡风，气宇轩昂。

他和她中间大概隔了五米左右的距离。梁恩雅揉了揉眼睛，甚至怀疑这只是她的一场梦境，而整个城市忽然提早亮起的霓虹与他身后那片川流不息的喧嚣，只是映衬这梦境的一个场景。这一刻恍惚的失神，恩雅终于明白为什么他会是女生寝室卧谈会里点击率居高不下的对象了。

就在这时，他抬头，眼尖之际目光似乎也捕捉到了恩雅的存在。脸上竟也没有多少意外的表情，仿佛早有准备。他向她招手示意她过马路来。

恩雅利用绿灯时间里的二十秒来走完这一段路，每一个步伐都沉重不堪，仿佛是鞋底安了金属，被地面的磁铁给吸住了一样。她不知道会从螳螂那里得到怎样的答案。但她有预感这些答案都会让她一时难以接受。

坐上了开往市中心的公交车。因为雨天的缘故，所以零零落落出门的几个人都奇迹般地坐到了位置。螳螂上车时食指和中指还夹着那根剩下三分之二的香烟，被司机没好气地提醒："喂喂喂，这位靓仔，把烟熄灭了再上车！"

梁恩雅和他坐在最后一排，刚开始谁都没有说话，像在表演一场默剧的拉锯战。

"咦，你脖子上的'草莓'是谁印上去的？"螳螂好像在故意转移话题，搓了搓手，扬了扬眉毛一脸诧异地问她。

“啊……”梁恩雅打了一个激灵，摸着自己的颈项问着：“在哪里？在哪里？”

结果掏出镜子一照：根本什么都没有啊！

捉弄得逞的男生开始哈哈大笑。这样的举动将她积压许久的恼怒瞬间挖掘出来。

“那些照片，是你拍的吗？”恩雅开门见山直奔主题。

“什么照片？”螳螂像被泼了一头水，一脸无辜的表情。他指着恩雅被雨水打湿的头发说道：“喂！你能不能改一个发型，别老留中分头啊……土死了，长个炮轰的脑袋还梳条雷劈的缝！”

“螳螂，你就别装傻了。上次我和顾帆远从小屋出来的时候，那个狼狈不堪引人遐想的模样，是你拍的吧？我当时还纳闷呢，是谁对我们的行迹如此了解，想不到原来是你。你还嫌我压力不够大是不是?！要我垮掉给你看你才心满意足吗?！”

看着螳螂的表情由委屈转向愤怒和失望，她心如明镜，觉得那是他东窗事发后的一种恼怒，于是继续说下去：“螳螂，我知道你一直都对我好，关心我、照顾我，怕我遇人不淑，但如果你想以这种舆论效应让我避开顾帆远，撇清和他之间的关系，那么，你实在太天真了，也错得离谱。我告诉你，我断然是不会这样轻易放弃一份感情的。请记住，我是最最勇敢执著的金牛座女生梁恩雅。”

螳螂突然就笑了，笑声爽朗而清越，却充满丝丝悲情与无奈：“你就这么确定那些照片是我拍的？你认识我这么久，难道在你心目中对我的定义就是一个会死缠烂打，心里装满阴谋诡计的人？我闲着没事做还是脑子被门夹了？为什么就不可以是顾帆远自己找人去自导自演的一场戏？这样岂不是可以名正言顺地昭告天下，你已经是她的人了？谁如果还要穿这双破鞋谁就是脑袋秀逗了！没错，梁恩雅，昨晚跟踪你和他的人，是我！那是因为我生怕他做出什么对你不轨的行为，才暗中躲在门外保护你！恩雅，我总是坚信你有一天会看清楚我的用心然后回来的，我一定要留一个位置给你。可惜，这一刻，你审视的目光直接宣判了这份希望的死刑。对于你，我只做过一件很小人的事，就是新申请了一个 QQ 发了一封邮件给廖麒真，请她来观看姓顾的篮球赛。是，当知道你喜欢他的时候，我是想撮合他们。顾帆远那样急功近利的人你却看不透，正是因为他抓住了你性情上的缺陷才给你下的圈套，你这个人就是这样，越得不到的越想要，到手了却不一定珍惜。三年了，我和你认识到现在快三年了，是你的不信任，造就了我的离开。终有一天你会后悔的。我刚才原本是打算和你一起到市区那家洗过你们照片的照相馆，让你亲眼见证我如何揭开他真面目的，不过现在看来似乎已经没这个必要了。因为你的心一直就是我所想要去的最遥远的天涯海角。”

【很多人一生听到许多华美的诺言，可是它们从未兑现】

他越说越快，说到最后，他的声音竟然哽咽住了。公车刚好报站停在路边，他便以迅雷之势从即将关闭的车门那里飞身跳下了车。公车重新开始启动加速，恩雅看到他沿着公路一直漫无目的奔跑的身影，渐渐消逝在车窗外。

她没有看到，男生跑着跑着，扶着路边一棵树，开始止不住地呕吐的样子。在恩雅面前不断压抑着自己的撕心裂肺，这时候终于可以吐个痛快，连五脏六腑都仿佛要呕了出来。

窗外掠过无数熟悉而又陌生的景色，终点站竟然在一晃神间就抵达了。心事重重的恩雅失魂落魄地在司机迷惑的眼神里最后一个走下车，一时间，竟然不知道该往哪里去。

有一句话说，人最好不要错过两种东西：最后一班回家的车和一个深爱你的人。她一直以为螳螂也把自己当成好哥们，就像全民娱乐大餐《康熙来了》里面的小S和蔡康永那样，在外人面前永远打打闹闹逞口舌之快，其实内里团结一气地关心和照顾着对方。

可是现在看来螳螂却分明暗恋着她，追随在她对另一个人的憧憬里，爱得那样不动声色，那样深沉。她一时半会儿之间还是难以相信自己的耳朵。像一台高速行驶的汽车突然发现前方要拐弯，而方向盘却还没适应这突如其来的变化导致扭转不过来。如果他是在说谎，那么为什么说话时的眼神那么清澈，不含一丝杂质，她一下就能从他瞳仁里看到自己徜徉的影子？

他是那样的人，温暖淳厚又尖锐决绝，桀骜不羁又歇斯底里。风雨无阻地固定在每天早上塞一瓶热牛奶在她的课桌里，知道她冬天手指会长冻疮所以从家里搬来了烤炉送到她宿舍，心甘情愿装疯卖傻地受她打压，在她被欺负的时候第一时间站起来抡起袖子给对方一个下马威。他也曾经一股蛮劲地拉过她去全羊城最豪华的高级旋转餐厅吃饭。虽然也曾开过玩笑勾肩搭背地把手臂挂在她脖子上说:“你让我在冰天雪地里等这么久是不是想谋杀亲夫啊!”但表情从来都是玩世不恭的。

这样亲密无间的关系,不被外人觉得是在交往,才奇怪吧?

螳螂,很多人一生听到许多华美的诺言,可是它们从未兑现。相反,你从未对我承诺过什么,却时刻在默默为我付出。

雨已经停住了。

泛滥的冷空气与空调车厢内营造的温暖有着明显的落差,先发制人地迅速侵占每一个毛孔的同时,又迅速地填充进心里每一个叫做“懊恼”的缝隙。

这段时日一直沉积心中的阴郁和忐忑终于打破了极限,统统找到了爆发的突破口,眼泪像关不住的水龙头那样失控地落了下来。孤独感和夜色一起涌了上来。城市的十字路口,身边车来车往人山人海,她的寂寞排山倒海。

其实有时候并非近水楼台就一定能得月。那些骑在高跟鞋上的白花花的大腿、那些杂志封面上的CEO、那些疾驰而过的名车、那些好玩热闹却昂贵的party、那些装帧豪华的CBD写字楼、那些国际沙龙和航班头等舱的位置、那些高档住宅小区的灯光,其实让她一直对这座空洞的都市没有归宿感。

“从小他们告诉我很多关于世界的南北。无非是怕我一生寂寞。让我穷己一生，不辞劳苦，披荆斩棘，拆穿谎言，发现空白。再插一炷香，就转世的时候，才落得清静。”

这是赵薇在手札里写过的话，在这一刻恩雅却觉得是对自己的真实写照。到底，什么才是真的，什么又戴着面具在与她对话？顾帆远或是螳螂当中的任何一个，都是她不愿看到的结果。她对自己喃喃自语：“如果换取真相的代价是注定失去，那么我情愿永远被困迷局。”

忽然，脑海里电光火石地出现了安蔻这个名字。他坐在那里，永远气定神闲的样子。安蔻脸上最具个人特色的标志是那一对比蜡笔小新还要浓黑的眉毛，像《罗马假日》里那个老派克一样动来动去，让他在严肃里多了一份亲切与和善。他让她联想起童话里国王那只倾听秘密的驴耳朵。

恩雅想起他说过：“可以在你需要扶持的时候，有一个停靠的港湾。”

她拿出手机，第一次拨通了名片上的号码。

【四肢百骸灌入了源源不断的热流，整个身子像航海上涨潮的船只一样，轻飘飘地浮了起来】

永和心理康复中心里，安蔻很热情地接待了她。那天只有他一个人在，他说另一名同事休假在家了。梁恩雅被他领到后面的休息室，她第一次和螳螂来的时候并没有发现这个隐蔽的地方，安蔻说那都是为了能够和顾客安静会谈而设置的场所。门窗都是隔音的。他还说：“我们也算忘年之交的知音，我不会跟你要钱的。”

大约二十平方的室内，安蔻与她交谈了大概五分钟，恩雅忘了自己讲了些什么，只是断断续续地将自己这些天来所有不顺心的事情讲了一遍，好像对小猫小狗倾诉那样。

“安先生，我心里另一个我一直在问自己：明知是悬崖你还是往前迈去，是什么让你相信不会坠落？”

安蔻回答说：“你所说的让你奋不顾身的人，是顾帆远吧？其实你现在的行为也不是不能够理解，当某个人害怕失去一段自己最珍视的感情时，他或许会先主动选择放弃，因为这段感情他扔掉了就不会再失去。”

其实爱情里谁都曾经纯白无瑕过，那时一腔热情全身全命，后来遭遇伤害欺骗和背弃，也就渐渐学会了心有城府小心翼翼，量入为出般保持亲密的关系。那是一种遇挫后萌生的自我保护的潜能。所以，一开始就应该调适好心态，像沐浴的水温，舒服而不灼人便是最好。

他的嘴角始终挂着绅士的微笑，他微笑起来的时候眼角有着淡淡的迷人的鱼尾纹。他告诉恩雅：这是轻微的焦虑症。然后让恩雅仔细观赏挂在墙壁上正中央的巨幅油画，以此放松身心。

画面很恬静，在原始森林巨大的树根和朽木间，生长着繁茂的蕨类植物和不知名的艳丽花朵，一道清澈碧蓝的溪水自丛林深处蜿蜒出来，向着空旷的悬崖坠落下去；遥远的云际里隐约露出了一座恢宏城堡的轮廓，以及树木意境深远的壮阔影像。

看着看着，恩雅便觉得自己恍如置身其中，那幅油画像一个巨大无比的磁场和黑洞，能够将她的意识和精神全部吸纳进去。她置身森林丛中，可以在大自然的怀抱里尽情呼吸清新空气，享受春风的洗礼。

渐渐的，有一双手攀上了她的身体，恍如藤蔓轻轻按压着每个穴位和关节，仿佛瞬间为四肢百骸灌入了源源不断的热流，整个身子像海上涨潮时的船只一样，轻飘飘地浮了起来。触感的线路慢慢往从背部上移至脖子，然后在项颈的某个地方停住，轻轻地抚摩。

正在忘我之境，包里的手机忽然响了起来。这让恩雅仿佛从最高端重重跌落无尽深渊，幻境里的自己被强大的力量拉回现实中一样。抽离的灵魂迅速归壳的那一秒，她忍不住打了个激灵。

“你想对我做什么!?”她腾起身往后退了几步，直到护在胸前的手肘察觉到后面是坚硬的墙壁。脑海里毫无征兆地跳出了廖麒真那天泪流满面跟自己分享被她的老师猥亵的秘密。

死了死了，如果他现在对自己做什么不轨的事情，真的是叫天天不应叫地地不灵了！明明他刚才已经话中有话地说了“这里的门窗都是隔音的”这样的话。她剧烈喘息着，脸色惨白，几乎是痉挛般狠狠摇着该死的笨脑袋。这时候螳螂不知道在哪里游荡，指望他来营救自己的几率接近于零。

安蔻面对女生突如其来的咆哮明显一愣，然后扑嗤地笑了:“你是不是以为我想对你动手动脚啊？如果我是那种人的话，现在你早就……”他顿了顿，将桌面上那本同牛津字典一样厚的心理学研究的书籍捧起来，指尖落在书页上:“你看看这一段。”

——用于焦虑症的心理治疗主要采用行为治疗中的松弛疗法,包括生物反馈疗法、瑜伽、静气功等。松弛疗法就是以深部肌肉的松弛训练来对抗焦虑反应,即出现焦虑症状时便进行放松,使焦虑反应受到抑制而逐渐减轻。让病人靠在沙发或卧于床上,全身各部位均处于最舒适的位置。按照医生的指导语,依次练习放松前臂、头面部、颈肩、背、胸、腹及下肢。借助于生物反馈仪,训练更有成效。每天1次,每次20到30分钟。除了在医生指导下训练以外,还要在家中反复练习。要求病人能在实际生活中运用自如,达到“呼之即来”,可随意放松的娴熟程度,如此即可迅速缓解出现的焦虑反应。

恩雅深呼吸了一口气,果然觉得自己已经被按摩得气血通畅,神清气爽。仿佛心上的包袱已经卸下了大半。

“对不起,误会您了。”

“如果不是你刚才突然分散注意力的话,效果会更好哦!梁小姐要学会自我调节。”安蔻微笑宛然,仿佛参透了她的小心思。

真不愧是顶级的心理医生。

不过,停止声响的手机屏幕上有着一个未接电话,此刻显示的是林晓凡的名字。她来不及道歉,就只能愧疚地对他点点头示意,然后回拨了过去。

“恩雅,快来人民医院,螳螂那家伙跟别人干架受重伤啦!”

匆匆摁掉电话的恩雅脑子里再次横冲直撞地乱成一团。

就在这个她觉得脑容量已经囤积到极致的时候，安蔻却在她准备飞身告别之际做了一件更加让她瞠目结舌的事情。

他指了指她的手机，一直波澜不惊的面容忽然变得复杂，无法形容："刚才打电话过来的那个声音，是林晓凡的吧？"

"咦，你们认识？"

"算是吧……他父亲辞世前的一位故交，为了避免她悲伤，还是暂且不要跟她提起我吧。拜托了。"

恩雅看着他深沉的模样，很难从他没有瑕疵的缜密言谈举止里找到一丝破绽。他身上有着某股神秘而古老的力量。

不过，此时此刻已经容不得她多一秒停留和思索了。

【心口柔软得像有一床暖烘烘的棉被塞在胸腔，只需一点点努力，就能融化为一个清浅的微笑】

雨后初晴，在西边，云层稍微稀薄的地方，却抹上了一层淡红色的霞光。夏天的傍晚总会出现这种明灭不定的诡异天气。恩雅风尘仆仆地赶到医院的时候，就被早已在那里的林晓凡告知抢救室内的螳螂现在的情况是粉碎性骨折加上内腔出血，好像有点严重。末了她关切地问："怎么你今天的黑眼圈像最深色的 SMOKY EYES？"

"他也真是的，都这么大的一个人了，就那么冲动，不懂得收敛一点吗！"

"哎，他这个人就是爱面子，也容不得在别人面前吃亏，手机被飞车贼抢了自认倒霉也就算了嘛，他还死命去追！谁知道对方有团伙的，追到半路突然掉转车头踩下油门一前一后来撞他!”

有轻微晕血症的恩雅倒吸了一口冷气,心脏快要跳出胸腔了。林晓凡继续绘声绘色地说:“还好最后被巡逻的公安车发现,歹徒才逃跑掉,不然……”

“门外是谁在讲我坏话呀?”

无数日夜面对面说话时再熟悉不过的声线,甚至在某个遥远的地方,隔过门窗、墙壁或栅栏,千回百转地绕过来,也能辨出那声音是属于他。

“这小子命真大,刚醒过来就折腾着兴师问罪来了。”林晓凡牵着恩雅的手轻轻推开门进去的同时,怪腔怪调地说:“是不是应该开公堂问审呀?唐大人?”

“我那是先礼后兵,让他们轻敌再使出必杀技好不好!置之死地而后生你懂不懂啊?”螳螂辩解完,突然想想起什么似的开始四处张望:“手机……我的手机呢?”

恩雅看到被包得像一个木乃伊的大男生躺在床上,身上的衣服已经被换成了蓝白相间的条纹衫,颈口处露出凛冽的锁骨,凹陷的被单形成不规则形状的皱褶,像一个小小的漩涡。梁恩雅注视他的同时也发现他的眼光对焦了上来,带着笑意,仿佛之前那一段不愉快的插曲已经被他选择性遗忘掉了。

“在这里啦!你被人民警察叔叔营救回来的时候,手里还紧紧握着它!一开始医生们抽都抽不出呢!”

“欸，你们说说明天在天涯、猫扑之类的地方，会不会有一大排我的报道呢？标题就叫：帅哥独战两夺命飞车，警方直捣黄龙剿灭犯罪集团大本营……本年度感动中国十大人物之首舍我其谁！”

“这位壮士睡个觉、做做梦应该就会有的啦。”林晓凡劈头就应道。

然而螳螂却不甘心地辩护道：“我小时候就是正义感爆棚的孩子好不好！三年级的时候去给毒害我表哥的网吧贴封条，买一叠五毛钱一张的大红纸用墨笔写上‘停业’之类的东西，贴上就跑……哈哈，好刺激，你那时候估计还在吃什么跳跳糖和旺仔棒棒冰吧！”

“虽然他已经度过了危险期，但你现在也应该满足一下人家的 YY 嘛！”恩雅又气恼又心疼地笑道，转而对螳螂碎碎念道，“你也真是的，平时挥金如土的，怎么这次为了个手机连命都不要了呢？”

表面不动声色螳螂看见她脸上显而易见的焦虑神色，在公交车上吵架而萌生的一时盛怒与恨铁不成钢也便成为浮云消散了，心口柔软得像有一床暖烘烘的棉被塞在胸腔，只需一点点努力，就能融化为一个清浅的微笑。

他略显苍白的嘴唇刚刚蠕动着，鬓角渗出汗珠在皮肤内层动脉血管的跳动之下微微颤动。门口便突然挤进来一堆他没一点印象的女孩子，穿得花枝招展好像要去参加选美比赛。

“唐龙学长你没事吧？我们在学校听说你受伤了！”嘴角曲线瘪下去的女生满目疼惜。

“作为学校技术最娴熟的吉他手，手指可千万不要有事呀！”又一个女生十指交握作祈祷状。

“明天给你煲鸡汤你一定要喝哦!”第三个女生脸颊迅速飞起两片红云。

“啊！学长虽然被包成粽子,仍然掩盖不住英俊的光芒啊……”最后一个索性就像校长每周会议报告一样作了最后的总结词。

她们这是在现场排练花痴剧挑战我们的承受极限吗！恩雅和林晓凡听得灵盖冒烟就快撑不住了,互相默契地对视一眼,赶紧以伤号需要静养的名义将她们“请”了出去。

“我乃衡山昆仑派佛门习武之人,从小练就了一身纹丝不动、坐怀不乱的本领,告诉你们啊,我可不是那种普通的人。”螳螂对着她们妖娆的背影笑着大声喊道,引起一阵此起彼伏的尖叫。

钟笙箫后来也来了,带来了别人送给他爸的苗族秘制正骨药丸,兄弟之情并没有溢于言表。喜欢寂静的人,连表达关怀的方式都是默默的。林晓凡与恩雅退出了房间时,还遇上了从家里开车赶过来的唐氏夫妇。他们见到梁恩雅的一刹那突然定了定,两老四目相对说:“好像这姑娘在哪里见过?”

最后唐爸爸想起来了,说:“我们家小龙的电脑桌面,好像是！姑娘现实中长得比照片里还漂亮呢!”

梁恩雅的脸仿佛是冬日里贴放在暖水袋表层的双手,一下就变得滚烫。

顾帆远再打电话过来的时候,恩雅正经过广场的音乐喷泉前面,犹豫了一下，还是发狠按下了挂机键。

经过这一番与螳螂的冲突争吵之后，她内心清楚得很：螳螂虽然平时说话吊儿郎当，一副不靠谱不正经模样，但任何时候都绝对不会陷害她。

于是她开始静下心来想，顾帆远慢慢与自己的靠近，究竟能从自己身上得到什么好处？究竟有什么理由设置“偷拍门”来撮合自己和他在一起？他难道不了解从一开始她就是先爱上也先输得彻底的那个人吗？

这些问题像从金鱼口里吹出来的一串泡泡，环环相连，紧紧相扣，绵延至深渊的水面。

几乎想破了脑袋也想不出来。所以还是等螳螂情况恢复基本正常之后再问他吧。

【不奢求时过境迁，你会怀念我对你仁至义尽的用心良苦，也不欺骗自己，你终究会明白我在你身上寄居过多大的梦想】

广播台那话剧社学妹总是会有很多搞不懂的东西，而且都是夜猫子，喜欢在午夜时分突然在潜水的部门聊天群里跳出来问：剧本问题、程序问题、制度问题、道具问题、舞台设计问题……甚至是情感问题！她真是觉得自己越来越像是居委会大妈。

虽然螳螂说过他们就是“十万个为什么”，但这些人里面，有的虽然人品不那么令人待见，其实这从另一方面也说明了自己起码有令人信服的威信和能力吧！弱小势微时，想遇到虚伪的面孔都难。

爱是一枚安静忧伤的名词，是一枚动人心魄的动词。它的内涵包罗万象，连最出色的语言学家都无法琢磨透彻。当被居心叵测的人用来混淆视听时，它就失去了金子般的光泽和最淳朴本质。

恩雅没有想到的是，关于她和顾帆远在KTV单独过夜的事情也被流传出来了。而且这次不是简单的连拍式照片，而是录像！录像里，顾帆远为她盖上黑色外套的那个动作，因为灯光太暗的缘故，就像是手指在接触她的身体！这一回连顾帆远都知情了，反而打电话来安慰她。他的声音出奇的淡然和平和，仿佛自己并非那个遭殃者。

周一升旗仪式时，学校领导更是发出了整顿校风校纪的公告，话中有话地说：虽然现在是恋爱自由时期，但请某些在校生还是严肃和检点一些，不然影响学校声誉。特别近段时间是非常时期，学校即将迎来周年校庆和评估组专家的到来。

谁都知道那份公告是一校之长苏丰田执笔所写。大家开始若有所悟地议论纷纷指指点点。而谁也没有注意到，苏洛川脸上自始至终都挂着小人得志的笑容。

仿佛是伸手即将抓到系着气球的绳索尾巴，然后它却轻飘飘地飞到了远空，最后头顶炸起一声爆裂的破碎声。装在气球里写满欢喜秘密和雀跃希望的细碎纸片跟羽毛纷纷扬扬落了下来。

后来的梁恩雅在“爱的漂流记事本”里写下：

人永远不知道谁哪次不经意地跟你说了“再见”之后，就真的再也不见了。上穷碧落下黄泉，两处茫茫皆不见。席慕容在《鸢尾花》里说："到了最后，我之于你，一如深紫色的鸢尾花之于这个春季，终究仍要互相背弃。"

世上最凄绝的距离是，两个人本来距离很远，互不相识，忽然有一天，他们相识，相爱，距离变得很近。然后有一天，不再相爱了，本来很近的两个人，变得很远，甚至比以前更远。她真害怕自己和顾帆远才刚刚开始的小美好会被这些乱七八糟的烦心事扼杀在萌芽状态。

被他感动的时候，想走过去轻轻拍拍他的头；被他触动的时候，想默默坐在旁边在心里与他握手。天真的口吻，纯真的心情，偶尔得意，偶尔无辜，漫不经心，自言自语。她在寻找生命的内核，但是只找到一间空屋，盛满了孤独的疾病。

她仍然记得那场徒步登顶，破屋之外的大雨滂沱的世界，以及顾帆远生日的午夜十二点，对方的体温，透过一件外套，清晰地传到自己的手心。突兀的热度恰好填补了手指间的罅隙。顾帆远手心温润，像一块玉，握在手里的时候，有光滑的感觉，仿佛一不小心就会从手指间溜走。

封闭的几十立方的空间里，黑暗无边无际地扩大，气体不断膨胀，挤压着悬浮悸动的情绪。连她自己都有些心虚起来。他唱的每一首情歌，曾那样深深触动她微弱的心跳。曾消解怒火，曾抚平伤口。

顾帆远，不奢求时过境迁，你会怀念我对你仁至义尽的用心良苦，也不欺骗自己，你终究会明白我在你身上寄居过多大的梦想。

只是希望这场梦长一点。

再长一点。

山林和湖野浸染上水墨色的向往时分。比起藏青的天色，反倒是泄露出点点绯色荧光的云层看来更像发光体。

顾帆远的信息来了。他发了个哭脸，说:“你在忙吧？不接电话……我想告诉你明天我就要去北京参加数学模型大赛了，我相信这个全国性质的大赛如果能给我的大学生涯增添最后一座奖杯的话，工作的问题一定好解决多了。不过暂时要和你分开一段时间了。我不在的时候要好好照顾自己，好吗?”

恩雅想，应该庆幸学校安排的五个名额参赛者里面有他，要不然最近还真不知道以何种姿态来面对他。希望他回来的时候，自己已经调整好了心态。

简简单单回了一个“嗯”，不知道对方有没有感觉到自己异常的反应。用手机上网查了一下天气，编辑短信的页面光标停留在“手机天气预报说明天北京要降温啦，记得多穿衣服保暖哦，要是不小心把自己弄感冒了，我唯你是问。”的句号后面，然后又统统被还原。

点击离开会丧失所有尚未保存的数据，确定 or 取消

确定。

【老子要死也要死在法拉利轮子下，破嘉陵就别来凑热闹了】

螳螂住院的第三天，恩雅一上完让人昏昏欲睡的专业课就和林晓凡一起早早过去探望他。推开了门之后，发现钟笙箫也在里面，头靠在床沿休

息，见到她便起了来，仍然一副惺忪睡态。

螳螂却仿佛整天睡得太多，精力过剩无处宣泄，就开始挖苦梁恩雅：“你好狠哪，想当初你受伤的时候我时时刻刻寸步不离，现在你隔十几个小时才来探望我一次，看来还是笙箫对我最好。”

林晓凡说：“那你们既然这么恩爱，干脆结婚得了！不过我还真是舍不得你这样暴殄天物……”

窗帘被拉开的时候，光线像水银一样倾洒进来，钟笙箫的脸上竟然有尴尬的红晕。他说：“不过说到暴殄天物，昨晚他吃了那些药丸最后都吐了出来欤，穷奢极侈。”

“我又不是故意的，明明是苦得要命。”螳螂的包子脸变得愁云惨雾。

“想当初你逼迫我吃药打针的时候怎么说来着……”梁恩雅故意张了张嘴巴要重演一遍，果然就被螳螂粗暴地打断了：“喂——桌子上有你最爱吃的草莓！梁大小姐！”

“那，我就不计前嫌啦。”

就在几个人说说笑笑的间隙，有人敲门。梁恩雅以为是护士来探班，谁知道打开门的刹那，瞳孔突然闪进一团刺眼光耀。

——不是什么晨曦的天光，而是鸦黑聚集在院子里的记者按下的闪光灯。

“唐龙同学，听说你目击一个孕妇被抢了包，毫不犹豫单枪匹马擒拿了四个凶猛的飞车大盗，并且带领警察乘胜追击一举剿灭了这个作案多起的犯罪团伙，可否跟我们分享一下详情？”

“唐先生，大难不死必有后福，在你的见义勇为这种品质的培养中可有对你影响最深刻的人？”

“请先回答我们XX电视台的记者提问好吗？住院的费用那么高，相信你的光荣事迹在我们传媒的宣传下会得到很多捐助的！你有什么话想说的吗？”

……

“老子要死也要死在法拉利轮子下，破嘉陵就别来凑热闹了！回答完毕！谢谢！不送！”

众人一片哗然。钟笙箫他们几个面面相觑，不知道明天这个一鸣惊人的“木乃伊”会被报纸怎样挥毫泼墨地形容。枭雄，巨人，怪胎，还是真性情？

他们走后，钟笙箫拍拍他的肩膀少年老成地说：“假如你卸掉那一身自欺欺人的浮夸，摇醒那些浑浑噩噩的蒙昧，你的世界将会豁然开朗，柳暗花明。”

恩雅没头没脑地随声应和：“早知道，就应该让他们留下来吃你豆腐了！”

“我也想吃，红烧、麻辣、烧烤各种味道都不挑剔，哈哈。”林晓凡得瑟道。

最后四个人竟然在病房里斗起了地主，虽然不是什么惊天动地的事情，但在医院这种哀鸿遍野的场所，还是增添了不少格格不入的喜感。

【相濡以沫不如相忘于江湖，那不过是相爱却无法在一起的人说出来的一句自欺欺人的话罢了】

千里之外的顾帆远开始在简讯里向她描述自己在北京的生活。虽然沙尘暴最肆虐的时期已经过去，但京城一如既往的干燥却让他皮肤角质层有微微的脱皮，红润的嘴唇起了细细的白屑。字正腔圆的京片儿让他的普通话又更上了一层楼。他目前还是央视七套《致富经》的忠实拥趸者。

恩雅，在这边有点水土不服嗓子哑掉了。离比赛时间还有两天，好紧张啊，我心理素质一向很好的，不过这一次真的是高手如云……山外青山楼外楼，你说我能赢吗？

恩雅，预备铃打响了，我进教室啦，马上关机，你会为我祈祷的，对吧？

恩雅，还有两天就回广州了，我已经开始正儿八经地打开电脑动手制作简历，发邮件，再接到通知，挑选职业装挨个面试，声望好一点的单位都是人山人海呐！经常要接受面试官的百般刁难和拒绝，要练习笑容始终挂在脸上。拖着疲惫的身体每天回到寝室揉着笑得麻木的脸，和其他落马的哥们一起摇摇头叹息着苦笑。

不过这样也好，因为我不想在离你太远的地方上班，因为那样就不能经常看到你温暖得像太阳的笑容了。

恩雅，站在命运的关口，我在等很多悬乎的结果。比赛成绩，还有面试结果。有点患得患失。

她想，他打出这些字的时候，一定是目光清亮，表情认真而紧张的。那么，是盘腿坐在毛毯里呵出一股白气，还是在台灯下望着窗外的上弦月？

——是这样一个安全感极度匮乏，占有欲很强的男生。

——是这样一个动静占据体内灵魂各一半、忧郁与阳光并存的、有时善变得让人捉摸不透的双子座男生。有时候热烈如火，有时候淡淡如落叶拂过风的界面，如睡在杯底的舒展的铁观音茶叶。

像站在距离很短的对面，伸出手去摸却发现两个人中间隔着一层巨大的透明的玻璃，表面对他微笑宛然，但心底深处会发出浅浅的秘密叹息。

人最软弱的地方，是舍不得。舍不得一段不再精彩的感情，舍不得虚荣，舍不得掌声。我们永远以为最好的日子是会很长很长的，不必那么快离开。就在我们心软和缺乏勇气的时候，最好的日子毫不留情地逝去了。

"我刚从店里回学校。"

"呵呵，你在车上吗？如果是在走路就先不要发了，要小心车，也小心被抢手机。"

"以前听过一句话：过马路发信息，短信发过去了，人没过去。所以我会小心啦。"

恩雅突然想起哥哥梁耀川当主编的那家杂志社正在招聘会计部经理，如果由哥哥本人亲自推荐的话，相信顾帆远的胜算会大很多。

听完她叙述理由时，哥哥在电话那端如释重负地大笑起来："哈哈哈，还嘴硬不肯承认你恋爱了哦！”

“哪有！只是帮帮好朋友而已啦，你想太多了！还有，不许在他面前提起我！别乱问人家这种问题，我一个女孩子面子会挂不住欸！”

“好啦好啦，小公主特意交代的事情我怎么敢怠慢呢！等他回广州你就让他联系我吧。”电话那头的梁耀川灿烂笑容堆叠在脸上。

能够为喜欢的人办一件事情，也是一件让人无比雀跃的事吧。相濡以沫不如相忘于江湖，那不过是相爱却无法在一起的人说出来的一句自欺欺人的话罢了。有谁能不希望执子之手与子偕老？有谁能陪君醉笑三千场不诉离殇？若是没有爱，没有笑，没有期待，没有心跳的人生，一点意义都没有了吧。

比赛回来那天，学校特意为顾帆远等五名参加大赛的同学举行了风风光光的庆功宴。在为数不多的获奖者里面捧了个优秀奖回来的他，也总算是不负众望。他抽出一小段时间来单独陪她，将她的脑袋扳过来靠在肩膀上。她的头发里有槐花的清香味道。

他们一起去了边远郊区的一家残障儿童福利院，将买来的零食和生活用品派发给他们。院长对于这种个人自发的行为非常感慨，慈眉善目投来极力赞赏的目光。当顾帆远弯下腰来问他们有什么愿望时，他们说：当飞行员，去游乐场，念书，见爸爸妈妈。

甚至有一个小男生说：“帆远哥哥，我想长大以后有一个和你一样漂亮的女朋友。”

其实小男生已经永远地失去了视力,他却一心相信着,这样温柔友善的姐姐应该有着无与伦比的美丽。

这样短暂的相聚,似乎只不过是为了见证离别的倒计时。成语词典里有一个以字母 H 开头的词,叫会者定离。有着最直接的锋利,最残酷的真实。

人总要在一生中不停地做出决定,去实现那遥不可及的梦想。顾帆远最终去了梁耀川所在的出版社。

送顾帆远去自己家乡的时候,恩雅第一次看到凌晨两点钟亮着远光灯鸣着长笛划破黑暗的火车,像张大嘴巴的怪兽,张着血盆大口将他吞并带走。他坐在车上,她慢慢在走,两个人飞速错开,都来不及仔细看对方一眼,他早已离去,她还在原地坚定。她忽然就悲喜交加地哭了起来。悲伤的是短暂的重逢后他又离开自己了,喜悦的是他奔赴的地方是哺育自己成长的故乡。那个被誉为"凤城"的潮州,有着十八梭船廿四舟,民风淳朴的鱼米之乡,全市最高的建筑也不过是仅有十九层的金信大厦。一切顺利不出意外的话,放假就能天天看到他了,这样想又有点阿 Q 精神的自我安慰。

顾帆远,在我哭泣前,请你背向我。

在我寒冷前,想你拥抱我。

在我无尽沉溺之前,可不可以,请你温柔地推翻这个世界。

有个保安叔叔过来操着一口浓重的东北口音问道:“小姑娘我能帮你做点什么吗?”

她揉揉酸痛的手腕,对伟大而体贴民众的保安叔叔不卑不亢地说:“我没事,我只是想家了。”

【他是双子座,他是我的情人,他住在我的身体里面】

顺利进入了梁耀川的公司之后,恩雅经常收到他寄来的一些快递包裹,都是些她最怀念和情有独钟的最具潮汕特色的家乡风味小吃,连邮递员都能看出她在签收时脸上洋溢的甜蜜,发出“这样的异地恋比人家小情侣天天面对面要好很多”之类的感慨。

她不知道,其实若不是哥哥梁耀川三番五次明示暗示,木讷如顾帆远根本就不会变得如此浪漫和勤快。他只是十分珍惜这份来之不易的工作,全身心都在奋斗和拼搏,是老板最喜欢的愚忠型员工,人称江湖拼命小三郎。

他小时候在清远的贫困环境中成长起来,看尽人生现实百态,力争上游是他的座右铭。只因他懂得,付出并不一定有收获,但不付出却必定是两手空空。一个人可以为他的失败找一百个借口,但达到成功只有一条路,那就是努力努力再努力。

你可以放弃,你可以发脾气,但是如果你不努力,没有人可以帮你。

他把这句话写下来贴在自己房间的床头,终于明白了在网民中广为流传的“我想对生活竖起中指,迫于无奈害怕报复我换成了大拇指”这句话的真谛。然后开始坐在一堆专业书里跟梁恩雅网络视频。白炽灯的光打在他身上，恍若天使。

恩雅，踏出了校园才知道，以前，是我用自己的杜撰把回忆篡改得太美好，然后塞着一堆谎言欺骗自己一切都不会流逝。可是这个社会永远就是这样现实，会把人的棱角都一点点磨平，一点点让人看到生活的真相。送我走的那天，夜风很凉，以为你会在候车室里道别，结果你却站在车窗外的站台上朝我不停挥手，我好感动。恩雅，现在的我害怕以后会辜负你，我害怕你怀疑我的喜欢是出于被感动，我害怕，你不知道你对我有多重要。爱的方式有许多种，也许的我的方式不够轰轰烈烈也不够浪漫，寡淡无味，但是，我的真心，请你一定不要怀疑。

十二点，顾帆远固定停电断网的时刻里，她拿起手机发简讯给顾帆远：

亲爱的讨厌鬼，晚安啦，如果梦里没有我，那么我要祝愿你做个大噩梦，心有余悸地乍醒，并且明天上班不小心睡着被老板看到。哼哼！

何日君再来。你应该是一场梦，而我是一阵风。来无声息去无痕，叫我免遭相思苦。

——摊开“爱的漂流记事本”，纤瘦的五根手指顺着两条平行线中间的空白行轻轻勾勒笔画，恩雅才发现上面来自于不同手笔的字迹已经越来越多。失恋人数的暴涨仿佛在善意暗示她：你看你看，恋爱的人越来越多，知心的没几个。他们都把恋爱当做象牙塔里人人必须履行的一件事，一项工序，一道家常菜。稀里糊涂恋爱了，稀里糊涂分手了，也就完成了使命了无遗憾一样。

他是双子座，他是我的情人，他住在我的身体里面。

有时候我觉得整个世界只有我懂他，有的时候我觉得整个世界只有我不懂他。在他离开以后，寂寞把我逼进了死角。

每当恩雅感到无力的时候就会看一看廖麒真给她寄来的那张夹在最底层的明信片。她便不会感到悲伤和孤独，因为她始终相信爱的力量。或许是受到父母亲当时顶着双方家长压力相知相爱的熏染，梁恩雅的内心一直坚强而温暖。她们偶尔会一起逛一些行人稀少的小街，或者相约看一场新鲜的电影。恩雅觉得，跟麒真在一起又是有别于林晓凡的另一番感觉，你就静静地坐着聊几句便好，闲淡得不用去计较时间的流逝。而林晓凡必定是风风火火的，这个《新白娘子传奇》的忠实铁粉最近又在温故知新，每晚看几集 PPS 的同时也不停更换着签名，什么“士林士林，我是媚娘呀。你却跟那个碧莲成了亲！哇靠！”更有“法海秃驴，你能不要跟蛇妖抢男人吗，偌大一个金山寺，还不够你巫山云雨……”之类的劲爆腐女语录，让人崩溃于中国汉字排列组合的博大精深。

那一回是要一起约好制作港式的丝袜奶茶，廖麒真的寝室住在九楼，恩雅去的那天电梯坏掉了，她们就这么一直一边聊一边往上爬，竟然也不觉得累。谁说情敌就一定要争个面红耳赤、你死我活？她们用一根筷子搅拌奶茶试口味的画面，和谐得宛若一对双生姐妹花。

成品出炉的时候，梁恩雅忽然就想起有一天她刚上线，隐身的螳螂就抖了一下对话窗口发过来一个网址。上面说现在奶茶店的奶茶和珍珠都是塑胶做的,看你这个奶茶控以后还敢不敢一日三杯!

帖子的后面总结说:我们被工业废品和奸商的诡计包围着。

螳螂开始跟她讲一个有色笑话:一蚊子进城!饿极,见一小姐双乳高挺,遂一头扎入猛咬,发现嘴里全是硅胶,于是仰天长叹:唉!食品安全太成问题了,上哪能吃到放心奶啊!

想着想着,恩雅突然就笑了出来。

那次两个女生聊到顾帆远的时候,廖麒真眼神里流露出对他的担忧。那么好强而自信满满的他,习惯被万千荣光所笼罩着的他,会不会因为碰几次壁而徘徊不前?

恩雅捏着她漂亮修长一尘不染的手指讲:"请你和我一起相信他。每一个人,不管在长大之前过的是一种如何梦幻的生活,他们体会到真正的生活是从彻底脱离学生证那一刻才算开始。"

甜腻的脂末味道覆盖于舌苔之上,梁恩雅说话的时候目光落在自己故乡的方向,眼神里带着一种绵长又悠远的幸福感。鲜奶和红茶的芳香却丝丝入扣。就像在所有寒冷贫穷的日子,爱情的颜色已经被生活的艰难所遮盖,但爱情的芳香却永存在心底。

可是螳螂并不这么认为。刚刚出院的他就坐在青年湖的拱桥上,争分夺秒地给刚刚坠入甜蜜热恋长河的梁恩雅洗脑:"我看他是想尽办法要挤入金字塔的顶端,掌握你哥那家杂志社的权力,所以才会这样巴结你吧!你看他以前什么时候正眼看过你啊？等到他爬上最高层那一天，对不起，您所拨打的用户已经把你打入冷宫，请穿件棉袄后再拨。”

螳螂的半边脸上落满了金色的午后阳光，像裹着一层晶莹剔透的蜜饯，眉毛和睫毛根根分明，半边脸却融化在阴影里，摊手嘟嘴着。

“神经……”

“喂喂喂，我可警告你哦，别老骂我神经病，说不定最后我会被你心理暗示得去疯人院的。”螳螂朝恩雅翻翻白眼，继续拉下脸来自顾自说道，“你以为顾帆远真的喜欢你？他在KTV所说的那些话，对你表现出来的暧昧，不过是利用你来演这场戏，最终目的是让廖麒真吃你俩的醋，回到他身边。你这种傻了吧唧的笨女孩，现在越执迷不悟，将来就摔得越重。被人家卖了还乐呵呵地帮人家数票子……”

恩雅不相信那么血肉丰满的顾帆远会做出任何见不得光的事情。她反驳道：“哎呀，螳螂你什么时候变得这么婆妈了？你怎么就那么肯定人家是虚情假意呢，要定罪也是要有证据的好吧？叫你拿你又拿不出来……哼，你一定没听过一句话吧，对你不好的人，你不要太介怀，在你一生中，没有人有义务要对你好，除了父母。所以对你好的人，你一定要珍惜。”

恩雅心想，大概她喜欢的就是顾帆远那种有内涵而聪慧的男孩子，螳螂总是太锋芒毕露一针见血也玩世不恭，所以他们才没戏。

“那如果连父母的好都失去了呢？”

身后传来一把再熟悉不过的女声，是嘴角勾起自嘲冷笑的林晓凡。

“晓凡……”

身后的女生淡淡一笑:“没关系,我都习惯了……放心吧！对喽,我不是故意在偷听你们讲话啊,只是想来问你们,明天是我爸的祭日,你们俩愿意陪我一起去看看他吗?”

“这还用说嘛！女王圣谕一出,还有谁敢抗旨不从?”螳螂这句话倒是把闷闷不乐的林晓凡逗笑了。

“张爱玲这位自 high 界的鼻祖说,有美好身体的,以身体悦人;有美好思想的,以思想悦人;那像我这种才貌双全的,就简直是个谐星。螳螂哥,我一直想说,你也是个大谐星啊!”

第八章　前尘往事不可追，一层相思一层灰

【他云雾缭绕的样子让我分不清现实和幻境，一下子轻易想到地老天荒这样的字眼】

晴空万顷，天高云淡。洁白如雪的墓园里，林晓凡精准而熟稔地找到了自己亲生父亲墓碑所在的位置。随同而来的两个人终于见识了被恐怖小说家描绘得阴森诡谲的墓地，它们有的呈厚实的圆拱形，有的像尖顶的金字塔，有的方方正正让人想起公共课上那个别扭的总耷拉着颜面的国字脸导师。

——并不像想象中那样毛骨悚然。其实远观过去更像一座座巧夺天工的艺术品，天光如盖中的墓群像天山上纯白的雪。只是这雪，因灌溉了人间烟火，反而有温情的味道。世俗和喧嚣涌不进来，风在这里是纯净而没有杂质的。

"螳螂啊，昨天我无意中听到了你和恩雅在争执的事情，其实这个世界上没有绝对的好人，也没有绝对的坏人。当别人利益和你相冲突时，他在你的眼里就是一个坏人，就好比坏人眼中的你也是坏人一样。所以，有些事就算真真切切存在过，也就尚且……得过且过吧，人何苦活得那么为难。只要他今日在人之下，把自己当人；他日在人之上，把人当人就行了。《漫长婚约》你们有没有追着看？里面的奥黛丽·塔图怎么说来着？生不带来，死不带去。"林晓凡颇为感慨地说。

"哇靠，你今天是被亚里士多德附身了吗！还是听多了范玮琪去年初的

《哲学家》?”

“够了，不要再给老娘讲什么冷笑话了好吗！我们自己活得就像一冷笑话。”前几天林晓凡已经剪短了头发，短到不能束起马尾，所以今天整个人看上去显得更加清脆利索。她沉浸在记忆的蒸汽里，叙述的语气里带着释怀的意味：“你们或许不清楚，高中时候的我过得有多么辛苦，连我现在回过头去想，都不知道自己是怎样熬过来的。好像一个人唱着歌走着路就忽然长大了。学业紧张也就算了，还遇到一帮处处以整人为人生乐趣的贱女生。”

树丛中的蝉叫得格外卖力，仿佛要在生命的最后关头来一场阔别演唱会。林晓凡突然提高了声音的分贝说了一句让梁恩雅和螳螂都觉得意料之外的话：“你们一定没有想过吧，高二的时候，我曾经偷过室友的钱包。”

不是因为虚荣要买漂亮的裙子和昂贵的化妆品，也不是为了暂别食堂没有油水的饭菜想吃上几顿好的，而是为了给爸爸治病。那时候的她没什么人生履历，没有自己的银行账户，而那个女孩子室友看上去非常阔绰，花钱大手大脚，七八百块钱也仅仅够她买一双鞋子，不如用来支付爸爸天文数字一样的医疗费，也当做了一件善事为她祖宗积德——当时的林晓凡是这样想的。后来被宿管搜包，东窗事发，自此她的世界落入颓败暗淡的角落，负面的消息就像那一年永远也做不完的模拟试卷一样从未间断过，没有人愿意和她交往，明枪暗箭也都转向了她。尽管她为当初一时脑热而悔青了肠子也从不再犯，然而有谁丢了东西，都还是会联想到她头上，他们几乎认定了一个人的身上一旦有了污点就很难洗干净。

有一次班里邻座的女生丢了手机，后来哭哭啼啼找了她男朋友诉苦，对方直接杀气腾腾找了帮手前来兴师问罪，进行报复。结果那天放学之后她刚从女生厕所门口出来就被莫名其妙地揪头发，掐胳膊，踢肚子。回想起来真的有种被人扒掉衣服的羞耻感。那个平时被老师称赞为“成绩和品德一样一流”的乖乖女在临走之前，还从嘴角挟着冷笑扇了她一个耳光，在她脸上啐了一口。

在梁恩雅的威逼利诱下，许久才抽一次烟的林晓凡掏出一根红双喜“咔嚓”一下点燃了，吐出一个漂亮的烟圈：“就是在这样的暗地里妖娆茁壮地存活了下来，终于等到了大学的录取通知书，收到信的那天，我一个人在房间里哭了好久。我终于要和过去的我彻底诀别。我跑到天台上将那些埋葬自己青春的枷锁——那些教科书一本本撕碎洒向空中，再将所有的练习册付之一炬。当晚，七月的宅院里下了浩浩荡荡的黑白交加的一场大雪。虽然第二天被那个女人骂得狗血淋头，但我还是无怨无悔。直到后来在酒吧疯玩时遇到了钟笙箫，我紧张兮兮地和他攀谈喝酒，他让调酒师特别给我调制了一杯烈性比较低的酒，换走了我手里的酒杯说：‘女孩子不要那么逞强。’他云雾缭绕的样子让我分不清现实和幻境，一下子轻易想到地老天荒这样的字眼。我其实有一段时间独自偷偷迷恋着他，像被海藻缠住般难以脱身，但他始终刻意跟我保持着距离。后来我才想通了，我也许真的是不爱他，只是为了满足自己的幻想。是遇到炜晋，让我觉得这个男生清爽得像一块透明的水晶，单纯干净，天性善良，诚实宽容，一拍即合，这便是你们都知道的过程了。”

“对了，他今天怎么没来？”螳螂这样问的时候，在想会不会是林晓凡也考虑到自己和他不合拍。

“他前天回家了，好像是小舅子结婚吧……我怕耽误他，所以没告诉他。”

恩雅想起林晓凡说过：你看我抽的烟名字多喜庆。双喜双喜，赠我空欢喜。

她过去拥抱她，螳螂沉默了一会儿说：“没关系，等哪天这世道把我们逼到穷途末路了，咱仨把自己的故事一块写成一部小说，由中文系金牌才女梁恩雅主笔，保管能红！到时候我们就是暴发户了，什么友谊商店啊，世界之窗啊，统统都给收购下来！”

因为陷入回忆而这时候觉得沮丧不已的林晓凡撅嘴道：“你以为你这么说就能改变你富二代的本质吗？”

这个男生就是这样，满身散发着放荡不羁蛮不讲理的气息，然而每次都有化迂腐为经典，化尴尬为风趣的超能力。也不知道是不是盲目乐观主义，却让人觉得，如果是好朋友的话，待在一起会很舒服。当然，如果得罪过他或者他看不惯的人，也会在他的三寸不烂之舌下死得很惨。恩雅觉得，在螳螂面前，她不必总要担心一不留神会说错什么话，做错什么事，不必小心翼翼步步为营地想要把自己最美好的一面展示给他看。但在顾帆远那里却大有不同。

【他们成了彼此梦想道路上的唯一知情者】

突然前方的山路那块平地上有辆黑色轿车缓缓停下，车轮发出与水泥地摩擦后戛然而止的声音。车门打开的瞬间，车里的人似乎没有料想到会撞见外面这几个人，表情愣住的同时，刚刚及地的左脚颤了一下，恍如一个来不及悬崖勒马的将领。空气中流动的介质仿佛瞬间凝固。

"安先生……你来这里做什么？"恩雅不明所以地问。

"缅怀故人，寄托哀思。"他手里捧着一束米白色的矢车菊，眼神迎上林晓凡那张微笑渐渐终止的脸。

"为什么是你来拜祭我爸爸？！那个女人呢？"

"恩雅，这不就是上次我们见到的那个心理医生吗？"螳螂不解地问。

"你们认识他？"林晓凡眼神里露出并不友善的抗拒光芒。

梁恩雅和螳螂面面相觑的同时，反而是安蔻脸上露出坦然的微笑解释道："既然都撞见了，我也不必隐瞒你们了，我的另一重身份，就是晓凡的继父。"

原来当初安蔻从梁恩雅的事业上和情感上不计代价地给予她支持和辅助，是出于私心，因为知道这个好奇的女孩子一定会想办法找到自己的，既然梁恩雅是林晓凡最亲密的朋友，而林晓凡又不肯接受他和她母亲走到一起生活的现状，那么只能先从她最好的朋友那里入手，一点点取得她的信任和理解。他计划等到时机成熟就跟她言明自己的身份，让她帮助自己开导不给他说话机会的林晓凡。

“其实那天如果不是小唐突然出事了的话，我有准备把真相告诉你的。”摆上鲜花敬了酒之后，安蔻这样对梁恩雅说道，然后他对一旁仍然一脸淡漠的林晓凡说：“我们到那边谈一谈。”

林晓凡看了恩雅他们一眼，两个同伴都对自己点了点头，于是她也便随他而去了。

“你妈妈现在在家里做几个素菜，等会儿带过来，她说自己要晚点坐车来就好，我单位有事就先走了，没想到在这里碰上你们几个。”安蔻说话的时候，感觉身边的林晓凡起码是心平气和的。然而他下面的一句话忽然让空气中的火药味一下子变得浓烈，气氛一下子冻结。

“其实说起你爸爸当年遭遇的意外，我也是难逃其咎的当事人之一。”

那声音疲惫喑哑，听起来有皲裂的质感，让在场所有人为之震撼。盛夏的风吹过四周的草木发出沙沙的声音，筛落下来的光斑落在每一张写满疑问的脸上，干净而澄澈。

安蔻是林晓凡父亲林竟翔年轻时候一起玩越野车时认识的车友。当时连温饱都成问题的年代背景下，这种疯狂的举止让身边很多亲友觉得匪夷所思。然而他们却浑身充满激情，犹如放逐在深山野林里的豹子，成了彼此梦想道路上的唯一知情者，种种常人不能理解的行为都能在对方那里得到宽恕和体谅。林竟翔和他铁得很，甚至将他视作比成天反对自己越野的妻子还要重要的人。

当时有场竞技赛林竟翔得了第二名，只输给了他不到两秒钟的时间。于是私底下要求和他单独重新比拼一次。林竟翔在心底暗下决心：这一次一定要赢。于是求胜心切的他因此出了意外，连人带车飞出了赛道，落地时虽然头盔仍然完好了，但迅猛的冲击力还是使肝脏当场破裂，在黄金 72 小时里没有抢救过来。

这些年来，安蔻都活在深深的自责当中。他也没有想到事情会变成这样，责备自己不应该应承这场比赛，责备自己本该把速度降低，那么林晓凡的父亲就不会出事了。他放弃了这些年轻气盛时捣鼓的玩意，潜心修起了心理学。要解救世人的心，先解救自己的原罪——他是这样想的。

他频繁去探望过林竟翔的妻，许诺要承担照顾她与晓凡的责任。林晓凡的母亲后来被他所感动，才不顾千夫所指和他走到一起。

面对他深重如山倒的自责，林晓凡的母亲告诉了他：后来法医发现异样，带着林竟翔去验身体，发现血液里 300 度的酒精浓度早已超出了醉酒驾车的规定范围。失意的林竟翔还以为自己只要赢过这一次，依然有大把大把的岁月来满足自己纵横驰骋的野心。却没想到，这会是自己最后一次的飞翔。

听完整个故事，林晓凡早已泪流满面。这么多年来，一直假装自己过得很好，假装自己很勇敢，但其实也会不快乐会懦弱，会胆怯会心寒，若不是有恩雅他们这样的朋友，现在自己仍然是孤身一人漂泊在无涯的苦旅上。

“晓凡不哭，不哭。心在一起，人就不会走远。原来当我在抱怨和顾帆远之间的异地恋时，林伯母早已从三年前就开始和在天堂里的林伯父远距离相爱了。”

说话时，恩雅脑海里浮现出了《圣经》里面的句子，原来我们不是顾念所见的，乃是顾念所不见的。因为所见的是暂时的，所不见的是永远的。

螳螂这时候也一本正经地拍拍林晓凡的肩膀很豪气地说：“其实你很幸运，这短短的二十年里就能遇到两个难能可贵的好父亲。我真的不想承认我很羡慕你。”

安蔻释然地笑道：“你们不要操之过急，我想她需要时间慢慢平复和理解。”然后他转而看看手表说，“我该出发了。”

大概，再强悍的人也总会遇到命运为他们设置的难关，所以有人落入平阳，所以有人英雄气短。

年少时总是这样，讨厌被误会，讨厌被迁怒，却经常将误会主观叠加到别人身上，然后愚蠢地迁怒于他。那些轻狂的伤害，总要等到日后来赎罪。

安蔻的车扬尘而去不久，林晓凡突然惊叫了起来：“啊，怎么办？我要原谅他们了吗？赶快走吧，我不想看到我妈来这里遇到我，大概……会尴尬吧？”

其实那一刻，林晓凡已经渐渐释然。每一个人都有追求自己幸福的权利，有资格选择自己的生活方式。是自己太过狭隘，困守在围城里不愿意轻易去接纳一个命运为自己开辟的新天地。

恩雅注意到，她的用词已经从“那个女人”变成“我妈”了。

或许，这是一个好的开始。像堆积木最关键的最底层。

日光干燥而直接，言笑晏晏。草本植物充满浓郁的朝气和绿色健康的气息，这就是夏天的尾巴。

那天，三个人兴致盎然地在广州的老城区见证着历史留下来的年轮：诗书路上看不见任何诗书，但是再走一段就发现整条街都是印刷业。接近十三行的成衣批发集中区，杨巷路一家连着一家的是形形色色的纽扣店、皮带店、花边店。现代美术馆的主题特展中，有断臂的维纳斯，裸体的大卫，还有人猿泰山一样的伏尔泰……螳螂说：“啧啧，学美术的都有点崇洋媚外，这里面没有一个中国人！”

夹着老街的是一株一株菩提树，掩映着一栋一栋的老楼。老楼或没落褪色或残败颓废，但是雕花的廊柱、起伏的山墙、彩色的玻璃，彼此暗暗辉映，老旧中反而更有一种成熟的沧桑的妩媚。

那个地带洋溢着老城的情趣，与繁华的商业中心区别开来，有着法国印象派油画的浓稠美感，铺排开来。

然后就走到了光孝寺。天色渐渐暗下来，大殿里亮起盈盈灯火，晚课的诵经声，在钟鼓声中绵绵流进静谧的庭院。慧能受戒的菩提树落下心型的阔叶，随风飘落在苍青色石阶上。

不是风动，不是幡动，仁者心动。

恩雅在木鱼的频率里内心平静。忽而想起培根说过一句话：让我自己去跌跤吧！然后我才知道痛，我才能学到经验。

人为什么需要爱？大概是因为独善一身无法圆满，快乐与悲伤都需要一个人近在身旁分享。所以需要爱与被爱。爱情本身并没有错，但人不能永远生活在欺骗当中。或许，螳螂说的话并非没有道理，只是她一直不敢面对事实罢了。恩雅决定找个时间亲自和顾帆远谈一谈。

【爱你不如爱自己】

“一点自控能力都没有……达尔文在《进化论》里说，人是由低等动物向高等动物进化的。你的出现，彻底摧翻了这一论点。”

这句话是螳螂后来对林晓凡说的，当时林晓凡在学校五十周年校庆的大型文艺汇演上，看到体形像河马的苏洛川吊儿郎当地坐在嘉宾席校长后面最得天独厚的位子上时，突然想起他当初在宿舍楼下抛下的“一个月为限收集证据”的狠话，突然就叫了出来。也难怪螳螂对她这只“原始动物“叹为观止。

当时正在换节目的空当，奏乐很轻，市政府都赏脸出席的晚会上，她就这么情不自禁地叫了出来，引得众人个个都转过头来往声音发出的地方看。林晓凡觉得好像有千百只蚂蚁爬在自己脸上一样，但她始终像被江湖杀手点了穴道一样，泰然自若地坐在那里风雨不动安如山。却偷偷在心底骂了梁恩雅一百遍：“害我出糗的某人，自己倒是一副若无其事的样子哦！你的内心难道不应该像《还珠格格 2》大结局的容嬷嬷那样幡然悔悟么！”

这时候钟笙箫登台演出，一上台就有种全世界都在他脚下的霸气。全部人的注意力又重新被光华万丈的舞台吸引了过去。他唱歌时候的表情始终是低垂着眉眼注视着脚尖，胡桃色瞳孔微阖，包裹着它们的是呈现出洁净瓷白色的巩膜。他浅吟低唱，安静而疏离，让人不忍惊醒。

像希腊神话里孤独的纳西索斯，固执而安静地爱上了自己的倒影。恩雅看多一眼便笃定他是个有故事的人。他唱：感情这张寂寞的地图，我注定找不到等你的地方。

歌曲即将结束的时候，他说："这首歌是我和我最好的朋友共同创作的，今天，他因为身体还未完全康复的缘故不能与我同台演出，但是在这里，我要大声地念出他的名字，请大家给他最热烈的掌声。他的名字是：唐龙。"

那些坐在前排的校方领导都捏了一把冷汗，生怕这个从来都只表演不多说一个字的干脆利落的钟笙箫会说出什么惊天动地的话，而且设计的台词里面也没有出现这一段台词……还好，虚惊一场，于是跟着背后雷鸣般的掌声一块鼓掌。

她的胳膊被压低了声音的林晓凡抓着问："怎么办，你还记得苏洛川那只猩猩跟我们的期限吗？只剩下三天时间了耶！"

"看样子我们是要垂名青史了……于是以后每天要戴口罩走路 COS 蒙面超人吗?"

"这个主意不错，说不定还可以预防新一轮流感……"

坐在林晓凡左边的黄炜晋这时候插话说："要不干脆去跟苏洛川说几句好话，道个歉息事宁人就得了！"

但结果可想而知，他遭来其他三人的鄙视。

没有人注意到，舞台下方观众席的某个角落里，有个女生听着被麦克风放大了音响飘散开来的那首歌，悄无声息地一个人走出了礼堂，到洗手间里开大了水龙头大哭一场。绝望像无孔不入的空气，再多一点点就足以将她击溃。

钟笙箫，我多想说：没有关系，我原谅你，我还会继续单恋着你，因为爱从一开始就是我一个人的事情。可是喉咙却挤不出一丝力气，像一台所有螺丝都松掉的机器那样无力。

终于厌倦了永远在独自踮脚张望，像角落里的花朵渴望阳光的亲吻。

钟笙箫，爱你不如爱自己。谢谢你用漫长时光教会我这样一个道理。

第九章　生活的真相，梦想的残骸

【我们都有一具贪杯的灵魂】

当趾高气昂的苏洛川拿着厚厚一卷白纸,叫了一帮他的狐朋狗友准备在饭堂门口和公告栏处帮忙张贴时,恩雅一行人正在和他不做不休地理论。眉目刚毅的蒋敏仪突然站出来对他说,“求求你,别怪恩雅和晓凡学姐她们好不好?”

“那个不雅照的始作俑者是我!我得知了他要出国不过是在放烟雾炮弹,所以以为钟笙箫爱的是梁恩雅,于是就放她和顾帆远照片在校园论坛上想让他趁早死心。”蒋敏仪有一头漂亮如海藻的卷发,上面的发箍粘着一朵粉色的大波斯菊,将她苍白得失去生机的脸孔映衬得熠熠生辉。

她将盛满泪意的目光转向一旁完全惊愕掉的梁恩雅:“我以为他那么怕脏的一个人,竟然甘愿去医院闻消毒水的味道,绝对也是因为可以延长跟你待在一起的时间,我以为这也是你一直为他保持单身的原因,可是这场僵局维持到最后,他终于破釜沉舟地告诉我,他喜欢的人是谁。学姐,我知道我很卑鄙,虽然我并没有恶意想损毁任何人的名誉,但事实上我的确给你们造成了不小的困扰。我不奢求你们原谅,只希望你们不要让笙箫知道这件事是我做的,不然我在他心目中就毁了!”蒋敏仪明媚的瞳孔里映照着湛蓝的天空。

最后她蹲到落英缤纷的校园走道上,捂着脸庞低声哭了出来。凋谢的泡桐落在她雪白的脚踝边上,仿佛青春年华里盛大而微弱的祭奠。

后来的后来,梁恩雅终于明白为什么蒋敏仪在说到最后深深地扫视了螳螂一眼，哭得那么悲切无望，仿佛被全世界的幸福所遗弃。

蒋敏仪想：被爱的人不需要道歉，那是傻傻爱和付出的人钻牛角尖在犯贱。在钟笙箫给出谜底之前，她总觉得他亏欠她点什么东西。她总以为是分手时隐忍的几滴眼泪，是一个贴心的告别的拥吻，还是一句假惺惺又俗套百分百的"我们以后还是好朋友。"

但这些都不是。当晚会结束后，钟笙箫最后一次在学校后山的小树林里约见她，她哭得梨花带雨，以为可以用眼泪的重量挽回一颗自己捉摸不透的心："笙箫，你以后是不是就不爱我了呢？笙箫，你是不是，就要高飞远走了？"

"我想我必须让你知道我真正爱的那个人是谁。我自己也经历一番痛苦的挣扎，我也不愿意相信那个结果，但人在现实面前都无能为力。我想如果隐瞒下去的话，对你也是很不公平的。"

钟笙箫站在自己对面，一脸披荆斩棘的坚定终于将那两个字脱口而出时，她终于解惑了，这就是他欠她的一个真相，一个答案。而为了得到这个真相，她险些就铸成大错，差一点就荒废了另外的无辜者纯白无暇的爱情，曲折了那些平顺流淌的静好光阴。

她曾经以为钟笙箫暗恋的人必定是梁恩雅，一联想到他和开着纪念馆"假慈悲"却挖别人墙脚的梁恩雅在一起的虚拟画面，就恨不得钟笙箫毁容了，然后得到对方只不过爱他华美外表的事实，最后迷路的羔羊回到自己身边，不离不弃。这是她心底最恶毒的诅咒了。

或许他真的曾经一时对她动心，但这段感情早已经晚节不保，只是她不愿意去认清。在这个流离失所的年代，我们都有空荡荡的心脏和一具贪杯的灵魂，一些可遇而不可求的零星温暖，我们却偏偏要迫切地掌控和得到，紧紧抓牢。

【让那么多的人加入失恋联盟公馆，是为了更多的人分享彼此的人生，相互扶持之后走出阴霾，浴火重生】

而钟笙箫其实在文艺会演之上，已经以另一种方式完成了对心上良人的对白。然后，他从此销声匿迹。没有人知道他去了哪里，或许真的是出了国，或许被挖星组发现了光芒，秘密安排集训筹划包装捧红他。

后来在树林里他对蒋敏仪说的是：在 QQ 空间的好友买卖中，他一直被我持有着。或许这就是我唯一能和他在一起的方式吧。但是最近，好像他的朋友也开始玩奴隶买卖了，他常被人买走。莫名的，心好痛。看着他一次次被买走，我一次次不甘心地抢回来。如果人和金鱼一样只有七秒钟的记忆，如果也可以将透明的眼泪掩藏在水里，无人窥探伤悲，那将是一场多么恩慈的轮回。

是那样一种感情。仿佛独自走在深山间，被周遭的蝉鸣覆盖，浓郁的绿从头顶洒下来，极其容易使人将自己置于过往中的。承受它们就如身上的背包，想背着不放，不断添补，不离不弃。我们都有一具贪杯的灵魂。两个人相守的过程就像辗转颠簸攀登山路的两腿，一轮下来之后，口干舌燥、腰酸腿疼，如灌满铅般无力抽出。龋坏的智齿如同涉入爱河的双足，无法自拔。

梁恩雅忆起当初林晓凡开玩笑说："那你们既然这么恩爱干脆结婚得了！不过我还真是舍不得你这样暴殄天物……"

那时，钟笙箫脸上迅速飞起酡红，有夏晨清甜熹微的日光，薄薄地吻在他宽厚的肩上。

其实这多么像自己对顾帆远的感情。故事进行到这里，时光终于澄清了那些迷雾，给她坚定的信仰报以一个强有力的微笑。顾帆远是清白的，没有辜负没有欺骗。他一如当初，纯粹得让人满心欢喜。

阳光轻柔地洒落，透明的橙黄色普照着恍若新生的世界。恩雅闭上眼，看到一张锐利干净的脸庞。坚挺的鼻梁，明净的额角，开始散发出阳光凝固的气息。孤傲的额角闪着智慧的光芒，漆黑的眼珠，如黑玉般在明洁的视线里闪耀。细碎的甜蜜，就像清澈洁柔的南风一样灌满胸口。

哥哥梁耀川打来电话说："我的小公主，想不到你目光那么精准……我有帮你偷偷留心顾帆远。他这个人没什么特殊嗜好，清心寡欲得像个和尚，上网也不玩游戏，无非就是看看新闻，逛逛论坛，还开了一家卖手机的淘宝店。永远留着干净的头发，穿整洁的卫衣，喝几口啤酒脸颊就会红。对了，我还发现一个秘密：他小子有在存钱，每顿饭都吃得很朴素，说不定等你毕业就可以付个首付了！我们这里虽然不是什么世界五百强企业，但待遇还是挺可观的。那啥，今年的光棍节你终于不用过了！”

有时候两个人靠得太近，把对方的底细恶习和劣迹摸得太明晰，最初时的那份热烈挚爱也会像濒临灭绝的抹香鲸一样，数量一日日消减下去，甚至听得到烟消云散尸骨无存的声音。

所以其实你们这样也很好。

梁恩雅喟叹道：“不愧是知名情感杂志的鼻祖。你这么有天赋的细胞怎么爸妈就不遗传给我呢！对了，我给他织了一条围巾，给你织了一双手套，这两天会寄出去。”

“你好偏心。”

“拜托！手套虽然小但是很难织的好不好！”

“好吧，好吧，那等你们结婚的时候大概我要包多厚的红包？”

……

广州是一座魔都，每天都会有奇迹发生，会有高楼大厦平地起，会有人一夜暴富晋升于千万富翁的行列，也会有顷刻关系链破产，立场瓦解，遍地残存爱情和梦想的残骸。

梦想再长，终究长不过时间。爱情再短，终究短不过昨天。我们就这样躲在季节的深处，徘徊在爱与梦的边缘，听着青春与往事的呓语，不愿醒来。

而这个凡俗尘烟笼罩的大地之上，不知道有多少数不清的男孩女孩，她们的爱情故事又是怎样？她征得到了当事者们的同意，打算将“爱的漂流记事本”实实在在地漂流下去。从同一个座城市，再到更多不知名的远方。

失恋纪念馆来过这样一位绝望的顾客，她说："谁给我全世界，我都会心花怒放，却开到荼靡。"

这句话让恩雅觉得刻骨铭心。现在快餐式的爱情已经不是一桩两桩，但他们几个人身上的故事却可以写就青春唯美动人的华章。

她坚信，只要有爱在，只要爱的源头不枯竭，就会有更多的人将故事圆满。记事本会不断加厚，变成十本、一百本。她要让那些不相信世间有真爱的冰冷绝望的心，重新燃起温暖的火花。让那么多的人加入失恋联盟公馆，是为了更多的人分享彼此的人生，相互扶持之后走出阴霾，浴火重生。

很久很久之前，就有老歌手在唱，我们都曾经寂寞而给对方承诺，我们都因为折磨而厌倦了生活……早知道是这样，像梦一场，我才不会把爱都放在同一个地方。

糟糕的，凡俗的，失职的，倒霉的，消沉的恋人。勇敢的，坚守的，努力的，发奋的，成熟的恋人。他们散布在每一个角落，等待救赎或者共勉。

如果爱情黯淡，就让回忆绚烂。

所以，当螳螂兴奋无比地找到她，说自己联系了一个知名的导演答应帮她把故事拍成电影的时候，她婉拒了。

"这些都不是我最初的目标呀，不过还是真的谢谢你。"她咧出笑脸对螳螂撒娇。

"你怎么搞的，知道我为了费了多少周折，托了多少关系吗！你这个女人笨死了，傻死了，这么好的机会居然要白白错过，你能有一刻不让我操心的么?”他脸上的怒气和失落显而易见。恩雅发现他黯淡下去的眼睛布满了血丝。

梁恩雅望着他怅然离去的背影,忽然从他漫长如归途的叹息间感受到一点点不同寻常的气息。她不会知道,比剧本还要变幻无常的生命本身就是一个不断拥有不断失去的过程。这一个落寞的转身就是永别。而在她后来漫长的年岁里,他那些隐忍的泪意都慢慢蒸发成了空气,弥留在她的鼻尖,在她的每一次呼吸之间。

螳螂退学的消息就像一夜间忽然凋落的传奇,在众多女生里面引起了一番轰动。她们都和梁恩雅一样,再也看不到一个潇洒的身影在篮球场上欢蹦乱跳的画面,听他恣意说一些她们这个年纪的男生女生不敢说的话,做一些她们不敢做的事。像戴着镣铐跳舞的神的孩子,将那些繁复的制度放倒成废墟。

【如果宇宙存在光的轨迹,如果你在茫茫人海中发现了我,请你把手伸向我】

当螳螂留下来的U盘送到恩雅手中的时候,她一直将它握在手心握了四节课,心里在想,这个重量不足10克的U盘里面,会装着什么样沉甸甸的秘密呢?当下课后迫不及待回到寝室插进电脑时,螳螂那张再熟悉不过的包子脸一下子就跳出来占据了整个屏幕。他个子高高,眼睛笑起来像片弯弯的月牙儿,害羞时会挠后脑勺,鼻子有浅浅的笑纹,扬起的嘴角像只高飞的小鸟的翅膀。

小气鬼梁恩雅，你一定还在为我的不辞而别耿耿于怀，对不对。来来来，别生气，你皱着眉头的样子丑死了！我已经跟顾帆远谈明白了，他的确是真的喜欢你，没有欺骗，我之前对他的质疑都是因为自己吃醋，所以把主观想法强加到了别人头上。其实每个人都带有来自天性的自私，以及坚持专属的自我。我有跟他认了错……更主要是害怕你会傻傻地爱傻傻受伤啦，不是没有考虑过以后是不是该和你进行绑定啊，就你这脑瓜子的智商，我很不放心呐！担心你过马路，担心你吃亏，担心你被小人栽赃陷害，担心你该上校园网选公选课的时候还在睡觉，担心你每个月有那么几天特别脆弱的时候，感情还遇到不顺该怎么办……以前我总会笑你说，老疯疯癫癫没个淑女样，小心嫁不出去。其实我真的希望你嫁不出去，这样我就可以像救世主一样跳出来“勉强”收留你了。

是的，我曾经一直以为我才是最适合你的人，只有我才能给你幸福，直到我收到化验单的前一秒，我的信念还未改变过。一个萝卜一个坑。不过现在我都放心了。和他在一起，开心地去过两个人想要的生活，创造出开心的新回忆，然后偶尔提起我，想起我就很好了。你们要生一个宝宝，女的和你一样漂亮，男的嘛……嘿嘿，就跟我一样玉树临风、才貌双全好了！嗯，我要做他干爹，就这么说定了！你要告诉我干儿子，当年他干爹是怎样摆平了学校几个自以为是的王八蛋，怎样掀翻了桌子在那个地中海班主任面前大摇大摆走出教室……哎！我的光荣事迹你都知道的啦！你要让他去学点功夫,跆拳道什么的都好,这样有个健康的体魄才不会被别人欺负。你也要教会他怎样去爱一个人,不是爱他好看的外表,也不是爱他手里的钱、家里的小车。其实还是做小孩子最好,丢了东西哭一哭闹一闹就会有人把新的送到你手边。而长大之后,弄丢了一个人,就再也找不回来了。

还记得我拼了命抢回来的那个手机吗?并不是因为它价钱多昂贵,而是里面的相册里有我偷偷拍下的你。凝望天空的你,抬头微笑的你,托着下巴发呆的你,横眉怒目的你。想你的时候,我就会拿出来一张张浏览。里面还有你发过来的376条短信,我一条都舍不得删——虽然很多还都是节日里你编辑一下转发的那种。那样我就可以告诉自己,其实你一直守在我身旁,从来没有走远过。不知道你有没有听说过这样一个故事:后轮爱上前轮,却知道永远不能和它在一起,于是后轮吻遍了前轮滚过的每一寸土地。

我住在这座城市十五楼的高空,氧气很稀薄,灵魂也很寂寞。爸妈出差满世界飞来飞去的时间,我喜欢站在天台眺望整个陌生又熟悉的城市。有时候真的很害怕自己变得跟那些被自己唾弃的都市人一样麻木,行色匆匆,对任何惨淡的人和事都懒得发出一声叹息。活到现在,做得最好的事情就是当初高考前两个月拼命地恶补英语,然后考到这里来。你知道的,考试前争分夺秒抱着书本不放的人,往往是平时对时间最挥霍无度的人。

缘分很奇妙,当初抱着想远走高飞的心态填了很多外省的志愿,却偏偏录到这里,提着大包小包奔到这里,对一切未知充满新奇,误打误撞进了话剧社还认识了你,还和你成为了无话不谈的……好兄弟。我常常很孬种地想:到底,我的生命中,是不是真的有一个这样的女孩走过,还是我做了一场很长很长的梦？最可惜的是，想让你成为剧作家的想法没能在你身上实现，那是我费尽心机想为你做的最后一件事了。

顺便替我跟黄炜晋那个娘娘腔说：其实你很MAN啦，特别是走路时候总把林晓凡护在路边的时候。希望他们永远这么和和美美呀。更希望你在以后的日子里，像麦兜一样每天吃得饱饱的，像布嘎一样展翅高飞，好运一把接一把地来，财运滚滚来，桃花朵朵开，身体旺旺的，学业棒棒的。多交一些朋友，多泡图书馆看些有益的书籍，多拿一些奖学金。这年头学费那么贵，不拿个回扣怎么对得起良心？

好了，我感觉今天自己变得特啰嗦啊！再说下去就要被你笑话像你妈妈啦！呐呐呐，其实去香港旅游回来之后我给你写了一首歌，你来听听看好不好听。歌名还没想，就劳烦你这个现代版李清照自己开动脑筋啦！等我先喝口水……

我一生最美好的场景，就是遇见你。

因为你，明亮的微笑高频率掠过双颊。像成群盘旋的飞鸟在天空上演一场盛大的迁徙。

因为你，不再去想设计多少节目玩转多少花样，平平淡淡度过每一天都是满足而欣喜。

怎么办，爱情容易让人沉溺，不爱却又让人孤寂。思念是会呼吸的痛，是戒不掉的瘾。

这个世界怎么了，幸福的人都在苦笑，不幸的人都在坚强！

这个世界怎么了，成功的人都在呐喊，奋发的人都在彷徨！

这个世界怎么了，想爱的人都在等待，被爱的人都在逃亡！

这个世界怎么了，低调的人都在招摇，闪耀的人都在低调！

如果我忘了呼吸，

如果宇宙存在光的轨迹，

如果下辈子你在茫茫人海中发现了我。

请你把手伸向我。请你不吝惜款款深情呼唤我的名字。

请你不要嫌弃我。请你与我共同跨越这条银河的距离。

原谅我最后没有告诉你谜底。曾有一人，爱你如生命。

唱到最后一句他把握成拳的手背举到嘴边，开始剧烈地咳嗽，嘴角扬起繁华而离散的笑容，笑容里有泪光，鼻翼一张一合像深海鱼鳍，鼻血滴到了键盘上："唱完了，有没有被感动得一塌糊涂？还是昏昏欲睡呢。我好累哦，现在就要放自己去睡一个长长的觉了……呐，没有你说晚安，还真是有点不习惯。"

恩雅心底一惊，伸出手吃力地想要碰到他的脸，而此刻画面上出现条纹的电波，终于黑屏。指尖的温度倏地被抽离。

这段视频 6 分 22 秒，恩雅看到一半的时候已经难以自控，哭得像驴叫那么大声。

对着暗下去的屏幕，她缓缓地伏下身去，心口疼得像万箭穿心，趴在电脑桌面前声嘶力竭地吼："螳螂，如果我说我不相信你能写出这么动人的词，以你的性格大概一定会站出来面红耳赤大声与我对骂吧，那你出来啊！现在就给我出来啊！谁怕谁啊！”

她预感自己终于永远失去了他。他有满身的缺点和乱七八糟的经历，他千杯不醉胆识过人，他脾气暴躁恶语伤人，他容易流汗，他有两把狼毫一样的浓黑眉毛，他的自负和骄傲。那些一起笑到面瘫、一起愁眉苦脸、一起满怀希望、一起憧憬未来的过去，都再也回不去了。

大概，我们再也不会像以前一样，成为彼此的无可替代。

你是我心底偷偷藏匿的一首小情歌，从不敢在午夜梦回的缱绻时分聆听，也从来不当众唱起。

第十章　是光阴将故人走成了过客

有人说，爱情这件事，是与生命一同生效的。它们在历史当中，也便陈旧如古画。每吟一首缠绵诗，每读一阙哀怨词，总会忆及一段愁艳事。里面的女子，各有各的风情；里面的男子，也是各有各的顽劣。彼此之间，也总有牵扯不尽的缱绻。

这世上，横刀能够夺来的爱不是爱，太轻易出口和得手的爱不是爱，博而不专的爱不是爱，画地为牢的爱不是爱，轰轰烈烈欲生欲死的爱不是爱，平淡无味有如鸡肋食之无味弃之可惜的爱不是爱。

我们很多人都辜负了爱。

【你好，我是梁恩雅】

感谢你读完我们的故事，2010 年的七夕情人节，我是和顾帆远一起度过的。那时候我回去参加了华侨中学的高中同学聚会。他全程陪伴左右。扎蝴蝶结、发娃娃音的女孩们个个都穿起了高跟鞋化了妆，缀着亮珠片的束腰带勾勒出窈窕的身形，破土而出蜕变成了一朵朵铿锵玫瑰。而没有读大学早早出来加入浩浩荡荡的上班族大军的少数人，则在炫耀着自己现在混得有多么如鱼得水，带着胜利的表情。

我忽然之间就觉得这次聚会彻底变味了，变成了选美和攀比的温床。以前关系淡薄的一个骄傲的女生坐在我对面，不可思议地看着我身边恍如漫画里走下来的男生。他始终沉默，嘴角带着恬淡的笑容，而温暖的右手在桌子底下握住了我的左手。掌心传来源源不断的安定的力量，我才不至于中途提前离场。

还好有他在，况且我回来很重要的一个原因也是为了看他。

散场后，在漫天星光下，我鼓起全身的力量对他说："我想有若干年之后有一个和你长得很像的儿子，将他培养成你的性格，这样日后世界上又多了一个和我一样幸运的女生。"

他低头吻了我。

你看，我对他的欢喜犹如满天的繁星，即使隔着万万光年亦可瞥见它的光芒，长久不衰。那些马不停蹄的错过，无以名状的曲折，都划下了句点。

只要爱对了人，每天都是情人节。他消瘦却坚硬的肩膀，是我豁达的天堂。就算玛雅预言成真，有2012年，我依然会陪他直到世界的终结。

风暴与海啸，都无法将我们紧紧牵住的手心宇宙夷为平地。

顾帆远，今生今世，我愿与你一同，沉没海底，欣赏月圆。

只是我始终不曾与他分享螳螂录给我的那段VCR。有些过往还没讲完那就算了吧，让它变成独家记忆和秘密，沉淀为岁月长河里最深刻的一段河床。螳螂的U盘里还有一个文件夹，里面有侧卧在店里沙发上的梁恩雅，戴着耳麦眯眼小憩的梁恩雅，穿着白色长裙的梁恩雅，咧嘴大笑的梁恩雅。

而那个曾经躲在角落里举着镜头捕捉这些瞬间的主人，灯火再辉煌星辰再高照，我也找不到他了，提着灯笼都找不到了。那种刻骨铭心的痛，你，懂吗？

或者他在一个我从未涉足的崭新世界过着别样的生活。或许他听到了另一个世界更温暖美丽的召唤。如果你有一天在人来人往中遇见这样一个男生，他叫唐龙，他笑起来嘴角噙满星光，请你替我告诉他：梁恩雅很想念他。

万丈红尘，荏苒平生，诸多人事几番新。很久很久之后再回头看自己，轻声问一句：嗨，女孩。你还好么？

感谢他们。陪我走过这些春秋。我会把它们当作想念。他们的歌，以及我的岁月。

我爱你们，依然，始终，永远。如此经年。

【你好，我是林晓凡】

后来，我想叫人帮我报复当年那个冤枉我偷窃她手机的女生时，却意外打听到她被那个帮她出气的花心男友欺骗两年后分开的消息。他们摆着脑袋感慨地说，其实她很可怜啦，人生最珍贵的两样财产，钱和青春都叫负心汉骗了去！

我才发现我和这些人已经脱离了如此之久。起初不信，当亲眼目睹惨淡面容的她穿着一身已经分辨不出颜色的旧衣服，独自抱着不到一岁大的婴孩坐在自家庭院，看向远处的眼神呆滞无光那一刻，我将钱夹里的钱全部塞到了她手上，然后在她突然蓄满晶莹泪水的眸抬起瞬间，淡淡地转身离开。她是那么能歌善舞聪明拔萃的姑娘，却栽在一段愚昧的感情手上，已是命运对她最薄幸最残忍的回报。

我的人生座右铭是：人生不需要把自己捆绑得太紧，偶尔小小放纵一下，也是道德的！所以，请老妈不要再对我碎碎念啦！

她生日的这一天,我和安叔叔陪着她一起庆祝。

“妈妈,生日快乐。女性的魅力是和蜡烛的根数成正比的,这是真的。”在我和她一起挑麦之前,安蔻先被我们要求和她对唱情歌。怎么说上了年纪的人也应该做点表率作用嘛!21世纪为人后父就要多花点心思,学会多栖发展是门技术活儿。

我不记得她多少岁了,因为她在我心目中保存的永远都是最青春洋溢的样子。以前总觉得她不够爱我,不够关心我,但当我知道她每天都会把我房间里的摆设和公仔擦拭得一尘不染再摆回原来的位置,会从衣柜底层拿出皱褶的衣服出来熨,会把我的每双布鞋都刷洗一遍时……我一点点地眼眶湿热,一点点地把内心缔造的那个冷血的、顽固的、不通达情理的她摔碎了。然后终于明白了那句“上帝不能亲自去每一个家庭,所以他创造了母亲”的真正涵义。她褪去了天使的光环,变成每一个SUPPER WOMAN。安叔叔说得对:“她所做的一切让她背负罪名的事,都不是为了自己,而是为了那个暗暗咒骂她的你。”

我送给她的生日礼物是一顶看上去如同星际宝贝的海蓝色天鹅绒帽子,安叔叔对她说你戴上之后造型和Lady Gaga有得一拼。她生气地说:“哼!原来你背着我在偷偷暗恋别的女人!”

我当场笑抽了……

等毕业了,我要去炜晋所在的山区支教。这个想法连我自己都觉得不可思议,好像翻越千山万水万里寻夫的忠贞烈女!哭倒长城的孟姜女都要拜倒我的牛仔裤下……爱一个人不把自己整成变态才怪!知情者都会说,我们的恋爱很可持续发展，很忧国忧民……

神啊，都怪这家伙真没出息，跟没见过美女似的，当初干嘛要死命追人家嘛！讨厌讨厌！

【你好，我是被那群不知恬耻的欧巴桑称为“小正太”的黄炜晋】

在学期即将结束的时候，我豪情壮志地报了名参军。没错，我要向现在的自己下终极进化战书。送别的队伍浩浩荡荡，我从即将开动的军车上跳下来拥抱林晓凡，义正词严地对那个躲在树干后面偷偷抹眼泪的女朋友说：“你放心，我会在军营里锻炼成为真汉子，铁爷们！到时候像苏洛川那种货色，我一个尾指就能放倒！”

她很彪悍地回了我一句话：“你别以为去了军营我就管制不了你了，哼！两个人不在一起的这段时间里，我不希望没有我在，你还过得比我好，我不甘心；可是你过得没我好，我也不开心，你到底是想要我怎么样?!”

我抱着她说了一句话，然后她哭了。

我说的是：“你是个理智的姑娘，只有感情会让你变得不理智。你会大吵大闹，锱铢必较，不过我就喜欢这样斤斤计较的你。你一直是我的精神领袖，但身体上我应该学会像个大男人那样保护你，照顾你，让你依赖。”

【你好，我是廖麒真】

某年某月的某一天，就像一张破碎的脸。那时候的我，灵魂破碎肮脏，随便揪出一个路人都比我完整，于是曾经一度以为自此我都再也不会遇见幸福。

我的好朋友们给我介绍了一个心理医生,他有个很洋气的名字叫安蔻,是个高高大大极具巨蟹座王者风范的男子,人很好而且学识渊博。目前我正在接受他为我治疗。我已经渐渐摆脱旧日那些挥之不去的噩梦,和现任男朋友关系很稳固。他说我会是世界上最美丽幸福的新娘。

朋友们也告诉我,据说来年春天时,能在田野里找到一枚完整四叶草的女孩,她将得到见习女神最温柔的眷顾。

只是我的心底藏着微微的遗憾,遗憾不能陪他一起老,不能去看漠河最美的极光,不能守到白发苍苍还有他在我身旁。爱情里没有先来后到,它不讲究秩序,错乱百出。而年少时那段少不经事的约定,就让它横亘成为岁月里不朽的绝句吧。

你们会真正长大。

会健健康康。

会喜欢上一个人。

会为他愿生愿死。

会伤得很重。

会看破红尘。

会游戏人间。

会引起几场腥风血雨。

会把恨和丑陋都忘记。

【你好，我是蒋敏仪】

你们一定很讨厌我，抑或同情，抑或悲悯。钟笙箫在螳螂离开的时候也选择了消失。“旅行者”也有很多他的粉丝和我一样在探寻他的下落。有人说他们私奔去了，也有人说螳螂得了很重很重的不治之症，而笙箫陪着他四处去求医。心中有了远方，就有远行的脚步。无论哪一个版本，我都要扮演一个局外人和旁观者被感动的配角。

并不是所有的情感都是正面的，并不是所有不计代价的付出便可以得到回报的。虽然偏执，扭曲，顽固，激烈，极端，不被所有人看好和祝福的感情，谁都不想近身去触碰。谁都希望自己拥戴的感情是明亮的，洁净的，端庄的，流动的，超脱的。现在的我，习惯每周去两三次教堂听颂歌。它们能平息我内心张牙舞爪的恐慌，治愈我身上的诸多暗疾：敏感、多疑、神经质、歇斯底里、任性、偏执、自恋与自怜、不善交际、畏惧人群……我能反躬自省，却未必皆可根治。

唯一可以让人在同一处地方摔倒的，恐怕也就只有陷阱和爱情了。我们明明知道爱着的是不该爱的人，却偏偏不能放手，是因为我知道尽管等待了这么久，我终于遇上。可是这是一种永无尽头的守候，像是踏足在一个会不断下沉的岛屿，而那个岛屿上，其实永远也没有一个来爱我的男孩。

情若能自控，便不能称之为情了。悸动是我，懦弱是我，犯傻是我，悲切是我，要的不是我。

外表温柔善良内心想杀想骂的我。这样的人，也是你吗。有朝一日权在手，杀遍天下负我人。

如果时光可以倒流，我会对他说，我们都还太年轻，以致都不知道以后的时光竟然还有那么长，长得足够让我忘记你，足够让我重新喜欢一个人，就像当初喜欢你一样。我不要那么委曲求全卑微到尘埃里的爱，所以，来生我希望可以做你的一颗智齿，当我不在的时候，他就会感到痛。

梁恩雅那天发现了蝴蝶标本的秘密。她将蝴蝶背后刻的那几行小小的蝇体小字发给了我。

亲爱的姑娘，不再忧伤，不要失去爱的勇气，不要对这个充满欺骗别离的世界感到绝望，不要沉溺于易逝的良辰美景，不要忘记了，最艰苦的境况已经过去，前方会有更美好的时光。你现在在谁的身边，就对谁好一点。

只一句话，将我那些潮湿阴暗，作茧自缚，刚愎自用，都在一瞬间狠狠辗碎。我抱着蝴蝶标本在人来人往的大马路上蹲下来，最后一次为他落泪。

他的脸，他的笑，他的冷漠，他的执著，所有痴心为他的年华。

钟笙箫，这一刻，你是我内心深处最宁静的海。

我已经不再是当初那个口口声声“宁为玉碎不为瓦全”的傻丫头，不会为了证明爱而去死，即使不被爱，也可以好好地活着。

我爱的人爱着别人。没有一个人的感情能真正而彻底地摆脱于无所不在的食物链。因人困守于世，地球本来就是个圆，于是相生相克无所遁形。

我想告诉所有遭遇情感困境的女生，在爱情里，我们不能因为深爱着对方就一味妥协、忍气吞声，至少要有一点傲骨，让对方知道你不是可以得寸进尺的。我再也不是那个一遍遍流着眼泪问钟笙箫“就算不说现在，以后你可不可以、有没有可能心里全心全意是我”的傻女孩了。

否则，不如就此彻底消失在彼此的世界中，绝不拖泥带水。而后，是枯木等待着逢春，各自展开不同的人生，遇见新的人。

【你好，我是苏洛川】

“爱情是个什么玩意儿，能吃吗？一斤卖多少钱？”

这是当初大致了解完顾帆远他们几个之间的故事之后，我脱口而出的一句话。呵呵，自从我初三那年有一回忘记带作业本，赶回家取的时候，很不凑巧地从门缝里，发现了平日里正人君子模样道貌岸然的父亲正在和另一个女人痴缠，那一刻起，我的概念里就没有出现过“爱情”这类比地下商场的匡威还要虚假的词眼了。爱情都是假的，权势地位才是真的，我依靠物质条件玩许多不同的女人，再一个个分开走远，各取所需。她们从我身上得到她们垂涎已久日思夜想的淑女屋限量版长裙、进口皮靴和化妆品，而我得到的是一种奇异的报复式的心理上的快慰和安抚。

蒋敏仪说：“我一个留学生朋友给我讲过，你们中国的鸡蛋让人变得充满仇恨。成千上万只鸡挤满了养殖场，每只鸡一辈子都只能生活在巴掌大的地方，它们彼此仇视，互相咬啄，最后养殖户只好将它们的嘴巴剪得平滑，所以它们充满了恨意，再生下了被仇恨孕育的鸡蛋。人们吃了这些鸡蛋，恨就开始爆发和流传。”

她说:“苏洛川,我们都是被恨扭曲了的孩子。然而恨的源头,是太过盛大的爱。”

现在有一帮人,他们希望通过自己捍卫和守护的爱情来感化我,扭转我的爱情观。说实话,我觉得这很可笑,但面对他们充满执著的自信,我决定给他们,也给自己一次机会。因为梁恩雅告诉我,不管以后成功的概率有多大,至少都不会比现在更坏。

【你好,我是顾帆远】

漫长的一生里,我们总会遇见一个人,教我们懂得爱情、相信爱情。再遇见更多的人,教我们背弃爱情,瓦解爱情。如果相爱也要筑起寂寞的城墙。如果那个人一直处在遥远的彼岸。我们单薄而盛大的爱意该如何安放?谁叫爱无门无派,无贵无贱,来无影去无踪,像随处风流的风。颠沛流离,是因为心无归处。

我渐渐相信,自己开始不信任爱情时会经历一场浩劫,浩劫过后未必有天才般的换骨脱胎。而梁恩雅,你是我绝处逢生的劫。

在你和天空之间,是汹涌的模糊面容,只看见你。在梦和希望中拥抱你,在偶尔的争吵和埋怨里还是希望和你携手走到终点。我时刻都在努力让自己成为一个可以爱自己的,爱你的,被你爱的人。

这是一个恋爱危险的时代。人群拥挤,却孤独异常,诱惑太多,却知心寥寥。人人都戴面具,个个都懂自保。其实我内心充满感恩与幸运,在这个毕业便失业与失恋的年代，我还能拥有一份真心实意的爱情和一份安定稳妥的工作。

我们都是在爱情里失去了自我，或者说是太过自我的生物，那种为了爱可以牺牲一切，甚至包括生命的生物。这人世间，兜兜转转，无非爱或分离。当千帆过尽之后，回头去望那段波光粼粼的略带腥气的韶华，定会因为遭遇了这颗名为“恋爱”的星球，觉得至少曾经真实过，温暖过。

你好，我是顾帆远，八年前，我母亲毕其功于一役，完成了我爸儿女成双的梦想。我有一个小我八岁的妹妹，大我二十五岁的父亲和二十三岁的母亲，以及永远离开了我的，大我六十岁的爷爷和五十岁的奶奶(他们年龄差距确实很大)。在不久的将来，我家的户口本上将会出现一个大我 49 天的金牛座女生。我们将彼此扶持，呼吸与共。喜相庆，病相扶，直到终老。

朝夕流年，浮生若茶，终需归于平淡，希望你懂。

那就让我们一起朝着爱与梦想所在的方向，出发。

【漂流记事本语录】

夏至前后夜间能看到白夜和北极光，本以为能和你一起牵着手去漠河看，谁知道还没来得及等到夏至，我们的爱情就迅速枯萎凋零了。原来感情的世界就像站在山巅看北极光，五彩斑斓却险象环生。

他像是一座有故事的城市，来人探望，看得见其中的繁华与幸福，但却从不曾看见悲凉与慌乱的过去。

世间的男男女女还是愿意去默默夸大爱上的人的美好，所爱之人的生活习惯，生命情趣，性情举止，都打上了自己所迷恋的光与色彩，琳琅夺目。

恋爱中的少女胸膛里有座活动密集的巨大火山。

有种名为欢喜的情感岩浆，滔滔流淌过心田每一寸土地。

——汹涌不绝，却又无从冷却。

其实等待不是一生最初的苍老。没有依托无可等待才是苍老的前奏。

她真的受不了恩爱的人在最后恶语相向。诸如“当初惊艳，只因世面见得少”之类，这样否定对方的同时也否定了当初的自己。愚蠢而可笑的做法。

人多的地方，眼泪会变得廉价。

现在站在面前带着温度、语言、声音、质感、形状、色泽和情感的男生，是依然在种着玫瑰花园星球上继续流浪的小王子，还是永远停留在十六岁国度里的彼得潘。

这世上最不缺乏的资源，从来就是蜚语流言。

我不会怨恨，相反我要感谢他们，是他们成就了现在坚强的我，百折不挠的我，屹立不倒的我。

不管很久以前父母一厢情愿给她的人生规划了何种蓝图，她都极力在追求和创造自己想要的，不一样的人生。

晚间11点以前打电话的男人可以考虑；而11点以后打电话的男人，大多都是冲着你的身体来的。

你会不会回头看我一眼？宽厚肩膀，背影是让我安心的风景；手指干净而修长，写出漂亮的行书，弹奏不同的乐器；笑声像大海，眼神里有阳光。

爱你，是我最孤单的心事。而每次想起你，都会让我无一幸免，被寂寞吞噬。

谢谢你给予我的这些小美好。两个彼此真心相待的人，只要把回忆交给对方的心去保管，就永远都不会变质过期。

恋爱中的女孩通常比男孩子要更傻气一点，喜欢奋不顾身飞蛾扑火。她们身上往往会有为对方留下的痕迹，比如刺青或伤口。

我们都以为时间是世间最冷酷无情之物，其实有时候爱情比时间还要残忍，赐真心奋不顾身的那个人以斑驳伤痕。爱是青春年华里最悲壮绝美的墓志铭，直到与肉身同腐。

他不明白为什么说好的幸福简单的快乐都变成奢侈，谎言会代替了誓言。

就算没有人喜欢你，你也有喜欢别人的权利。就算你不再喜欢别人了，你也可以喜欢你自己。你如果连自己都不喜欢自己，还指望谁来喜欢你！

一个女人肯为一个男人做这么多，心平气和地静下心来和另一个女人聊他的点点滴滴，要么就是爱到深入骨髓，要么就是这个男人和自己毫无干系。

请你帮我好好爱他，让他背上一双翅膀，陪他一起飞翔，去想要的地方。

漠河的极光你们有生之年要一起去看。你已经开始让他看到爱情的轮廓了,不需要对谁拱手相让。

夏天本来很吵,可就在将侧脸若即若离地贴在他背上那一刻,世界仿佛变得很安静。

爱上一个人,像突发灾难般毫无铺陈,所有神经被他所唤醒,为他打破界限,这是为爱情冒的险。

很多人一生听到许多华美的诺言,可是它们从未兑现。相反,你从未对我承诺过什么,却时刻在默默为我付出。

其实爱情里谁都曾经纯白无瑕过,那时一腔热情全身全命,后来遭遇伤害欺骗和背弃,也就渐渐学会了心有城府小心翼翼,量入为出般保持亲密的关系。那是一种遇挫后萌生的自我保护的潜能。所以,一开始就应该调适好心态,像沐浴的水温,舒服而不灼人便是最好。

爱是一枚安静忧伤的名词,是一枚动人心魄的动词。它的内涵包罗万象,连最出色的语言学家都无法琢磨透彻。当被居心叵测的人用来混淆视听时,它就失去了金子般的光泽和最淳朴本质。

人永远不知道谁哪次不经意地跟你说了“再见”之后，就真的再也不见了。

假如你卸掉那一身自欺欺人的浮夸，摇醒那些浑浑噩噩的蒙昧，你的世界将会豁然开朗，柳暗花明。

成语词典里有一个以字母 H 开头的词，叫会者定离。有着最直接的锋利，最残酷的真实。

在我哭泣前，请你背向我。
在我寒冷前，想你拥抱我。
在我无尽沉溺之前，可不可以，请你，温柔地推翻这个世界。

何日君再来。你应该是一场梦，而我是一阵风。来无声息去无痕，叫我免遭相思苦。

恋爱的人越来越多，知心的没几个。他们都把恋爱当做象牙塔里人人必须履行的一件事，一项工序，一道家常菜。稀里糊涂恋爱了，稀里糊涂分手了，也就完成了使命了无遗憾一样。

有时候我觉得整个世界只有我懂他，有的时候我觉得整个世界只有我不懂他。在他离开以后，寂寞把我逼进了死角。

在所有寒冷贫穷的日子，爱情的颜色已经被生活的艰难所遮盖，但爱情的芳香却永存在心底。

在你一生中，没有人有义务要对你好，除了父母。所以对你好的人，你一定要珍惜。

一个人的身上一旦有了污点就很难洗干净。

年少时总是这样，讨厌被误会，讨厌被迁怒，却经常将误会主观叠加到别人身上，然后愚蠢地迁怒于他。那些轻狂的伤害，总要等到日后来赎罪。

人为什么需要爱？大概是因为独善一身无法圆满，快乐与悲伤都需要一个人近在身旁分享。所以需要爱与被爱。

终于厌倦了永远在独自踮脚张望，像角落里的花朵渴望阳光的亲吻。

爱你不如爱自己。谢谢你用漫长时光教会我这样一个道理。

在这个流离失所的年代，我们都有空荡荡的心脏和一具贪杯的灵魂，一些可遇而不可求的零星温暖，我们却偏偏要迫切地掌控和得到，紧紧抓牢。

梦想再长，终究长不过时间。爱情再短，终究短不过昨天。我们就这样躲在季节的深处，徘徊在爱与梦的边缘，听着青春与往事的呓语，不愿醒来。

糟糕的，凡俗的，失职的，倒霉的，消沉的恋人。勇敢的，坚守的，努力的，发奋的，成熟的恋人。他们散布在每一个角落，等待救赎或者共勉。

如果爱情黯淡，就让回忆绚烂。

后轮爱上前轮，却知道永远不能和它在一起，于是后轮吻遍了前轮滚过的每一寸土地。

我一生最美好的场景，就是遇见你。

怎么办，爱情容易让人沉溺，不爱却又让人孤寂。

原谅我最后没有告诉你谜底。曾有一人，爱你如生命。

大概，我们再也不会像以前一样，成为彼此的无可替代。

你是我心底偷偷藏匿的一首小情歌，从不敢在午夜梦回的缱绻时分聆听，也从来不当众唱起。

这世上，横刀能够夺来的爱不是爱，太轻易出口和得手的爱不是爱，博而不专的爱不是爱，画地为牢的爱不是爱，轰轰烈烈欲生欲死的爱不是爱，平淡无味有如鸡肋食之无味弃之可惜的爱不是爱。

我们很多人都辜负了爱。

我想有若干年之后有一个和你长得很像的儿子，将他培养成你的性格，这样日后世界上又多了一个和我一样幸运的女生。

你看，我对他的欢喜犹如满天的繁星，即使隔着万万光年亦可瞥见它的光芒，长久不衰。那些马不停蹄的错过，无以名状的曲折，都划下了句点。

灯火再辉煌星辰再高照，我也找不到他了，提着灯笼都找不到了。那种刻骨铭心的痛，你，懂吗？

万丈红尘，荏苒平生，诸多人事几番新。很久很久之后再回头看自己，轻声问一句:嗨，女孩。你还好么？

你是个理智的姑娘，只有感情会让你变得不理智。你会大吵大闹，锱铢必较，不过我就喜欢这样斤斤计较的你。

你们会真正长大。

会健健康康。

会喜欢上一个人。

会为他愿生愿死。

会伤得很重。

会看破红尘。

会游戏人间。

会引起几场腥风血雨。

会把恨和丑陋都忘记。

唯一可以让人在同一处地方摔倒的，恐怕也就只有陷阱和爱情了。我们明明知道爱着的是不该爱的人，却偏偏不能放手，是因为我知道尽管等待了这么久，我终于遇上。可是这是一种永无尽头的守候，像是踏足在一个会不断下沉的岛屿，而那个岛屿上，其实永远也没有一个来爱我的男孩。

我爱的人爱着别人。没有一个人的感情能真正而彻底地摆脱于无所不在的食物链。因人困守于世，地球本来就是个圆，于是相生相克无所遁形。我想告诉所有遭遇情感困境的女生，在爱情里，我们不能因为深爱着对方就一味妥协、忍气吞声，至少要有一点傲骨，让对方知道你不是可以忍受得寸进尺的哦。

爱情是个什么玩意儿，能吃吗？一斤卖多少钱？

我们都是被恨扭曲了的孩子。然而恨的源头，是太过盛大的爱。

漫长的一生里，我们总会遇见一个人，教我们懂得爱情、相信爱情。再遇见更多的人，教我们背弃爱情，瓦解爱情。如果相爱也是筑起寂寞城墙。如果那个人一直处在遥远的彼岸。我们单薄而盛大的爱意该如何安放？谁叫爱无门无派，无贵无贱，来无影去无踪，像随处风流的风。

在你和天空之间，是汹涌的模糊面容，只看见你。在梦和希望中拥抱你，在偶尔的争吵和埋怨里还是希望和你携手走到终点。我时刻都在努力让自己成为一个可以爱自己的，爱你的，被你爱的人。

这是一个恋爱危险的时代。人群拥挤，却孤独异常，诱惑太多，却知心寥寥。人人都戴面具，个个都懂自保。

你的眼是我终年不遇的海洋

——《爱的漂流记事本》作者手札

VOL. 001　我们始终没有牵手旅行。

张惠菁的《给冥王星》这本书在《下个星期去英国》的MV里出现过，里面有引写的语句：最后一次见到你的路口，我现在才明白那原来是一条河，或是一道地层下陷，从哪里开始，时间有了不同的转述，我们再也不站在同一个地面了，从轨道最靠近交错的那一点，逸出朝向全然不同的宇宙。

我想，这人世间最心酸艰难的行走便是，行尽天涯，不与离人遇。

我一直以为总有一天，我会将那些曾经深刻铭记过的人都一并忘记。然而有一天，当我安静坐落下来，在街角的咖啡屋里听到了一首我们共同唱过的歌，还是忍不住流下泪来。这个故事，有我喜欢过的少年们的原型和性格，它们或许被分散发配到了几个人的身上，或者永远凝聚在某一个特定的地方成为琥珀成为刺青。

很多想说出口的话，或许真正重逢之后千言万语都只能像美人鱼一样化为泡沫沉入海底。这样想来，保持一份美好的遐想，或许比短暂的遇见之后分开要更来得从容安稳。尽管我是那么想知道——

你旅途愉快吗？是否去到了自己心仪的海边，有了新鲜的见识，遇见了新的知己。

你是否褪去一身戾气，被命运之手摇醒蒙昧。有浮尘旧事迎面而来，微微路过心上。

想起在韶关步行街的寿司店吃中式火锅时，肉食主义的自己吃撑得塞不下最后一块肉时，帘外有轻轻旋转迂回的风。我最爱的诗句里说，去年今日此门中，人面桃花相映红。人面不知何处去，桃花依旧笑春风。如此打动我心的句子，希望你也喜欢。

曾经被《暹罗之恋》的主题曲震撼得夜不能寐。那只抚在胸口上感觉着心跳的手。就是这样的声音和作品唤起了我们内在无以名状的感受。人生是一条流动的长河，我们没有人能停下脚步。在向前的过程中，我们渐渐学习不再心痛，不再感伤，不再矛盾，不再对始终触碰不到的云后的光踮起脚尖伸长手。学会心痛到无以复加时，蹲下来，抱抱自己。单行道般的人生，流失在车阵中，活得像是一句标语，押韵而服从。我们渐渐觉得世界变得嘈杂，快速。我们渐渐让自己以为世界本来就应该是这样。我们渐渐让自己相信自己可以是这样。然而一听到类似的音乐，就会想起自己。

在忙碌嘈杂的夜里。夏天本来很吵，那一刻我突然觉得安静。

曾经最掏心，所以最开心，曾经。等到后来，尝试过爱和被爱，也尝试过无数次的离别和伤害，渐渐地把硬邦邦的心门关了起来。

《类似爱情》里唱，这个世界很无情，谢谢你，说一声爱你，我很想听。

《暗恋》里唱，我们就站在落地窗的两边，就算触碰也有了界限。如果跨越过彼此那道边界，是靠近还是更遥远。

你一直孤单寂寞，热爱生活却又不相信生活。但你必须赞美这残缺的世界，消失又重返的，柔光。我很好，只是偶尔会不经意想起你。心头涌起酸楚的遗憾：我们始终没有牵手去向往的地方旅行。各自一个人看书唱歌写字走路照相。

即使我终有一日会融化，也请你记得，有个冰凉的雪人，有颗愿意温暖你的心。

VOL. 002　若一见倾心，便能缱绻不相离。

“说故事。名字是虚构的，人物却异常清晰；桥段是虚构的，细节却格外真实。我一厢情愿地盼望着两人的美好，并认为男主角必须高瘦，而女方要有好看的眼睛。那样就很完美了，他们甚至能享受完美的分离。

说故事。我对自己有力不从心的担忧。当时间的浪都褪去，青春露出苍老的河床，当主角们从生活里最后离开，他们在这度过了多少天，终于让两手沾满默不作声的寥落。

这样的故事不讨好。也没得办。”

——这是落落曾经说过的话。

嗯。或许吧，有些记忆是风象，一吹就散。有些记忆是土象，一旦成形，便永远生根。写这本书的时候刚好是毕业季，自己在工作的单位请了假，捏着粉红色的票据冒雨前往那个“只有毕业证和它挂钩了”的学校拍毕业照。

不仅是恋人们难舍难分，连昔日里要好程度看起来很一般的朋友也会在见到那一刻冒出“或许见完这一面以后就散落在茫茫人海”了这样的念头。

我所记录下来的这些文字，它们以并不高明和讨喜的方式串联成了一个不长不短的故事，记录了这群人经历过的明媚欢颜和动荡难安。故事的主人公虽然生活在大学，但读完之后或许你会发现，那些暗恋的复杂心情、压抑徘徊的难过、无法排解的偏执、一叶障目的任性，以及必须借助笔尖才能抒写的失语，都是实实在在曾经在你的生命中出现过的。你们有着对朋友相同的赤胆忠心，对家人的血浓于水，对虚伪丑陋的嫉恶如仇，对最初梦想不停歇的追逐。或许你们也曾和他/她一样，背过身抬起手背轻轻擦干眼角的湿热，抑或面对这个大千世界的诱惑时有过片刻的动摇或示弱。

我最爱的陈信宏在演唱会上说：
“如果你对我说你想要一朵花
那么我就会给你一朵花

如果你对我说你想要一颗星星
那么我就会给你一颗星星

如果你对我说你想要一场雪
那么我就会给你一场雪

如果你对我说你想要离开我

那么我会说我会对你说

我给你自由

我给你自由

我给你自由

我给你自由

我给你全部全部全部全部自由

这是我的温柔全给你的自由

这是我的温柔还给你的自由”

VOL. 003　再不好好恋爱就要老去了

当庾澄庆和伊能静、周渝民与大 S、阿 Sa 与郑中基这些一对对被众人看好的恋人们相继宣告分手，是否有越来越多的人已经认定，在这座冰冷的钢铁城市里，你们再也不会遇见爱情？我写过太多误会感伤离别的短篇小说，当过太多次残忍的刽子手，而今这样一个为数不多结局尚且圆满的故事，希望它不会摧毁你们心中仅剩的为数不多的期冀。我从不自诩是一个高明的写作者，写这些文字，只为和你们一起与故事里的男孩女孩感受那份欢欣喜悦，那些真实隐忍的切肤之痛，以及摔得伤痕累累的梦想。

就像一封写给未来的信笺，满身风雨无处投递。

如果有来生。

如果有来生，我希望遇到这样一个人。

从前睡觉的时候习惯关机，认识我之后一直把电话放在枕边，调到最大音量。害怕我一个人寂寞，失眠，做噩梦时找不到人倾诉。担心我看了鬼片一个人不敢上厕所。我会握着电话一边听他慰藉的声音一边穿过走廊去洗手间。

不能熬夜，却愿意陪我通宵。

白天在千万人海中高呼我的名字，夜晚温柔地在耳边低唤我的名字。

听我讲悄悄话数落某个人的不是，替我保密并偷偷从自己身上改掉和他相似的坏毛病。

把我站在葵花田里轻扬嘴角或微微皱眉的不经意瞬间用相机定格下来，并且永久保存。

长途跋涉带我回家，把我介绍给他的家人。告诉他们，我是他想一辈子在一起共同生活和爱的那个人。

稳定居住在一个地方，然后一起抽空去想要探知的城市旅行。

不跟我抢电视。

遇到好的事情和糟糕的事都会第一时间想到我。

把我当做他的骄傲，在朋友面前为我感到自豪。

喜欢我做的食物，但也会尝试亲自下厨。

容忍我乖戾的小脾气和小任性，以及心血来潮的诡计多端。

爱干净，但愿意为我刷鞋。

看到好吃的好玩的第一个想到我。

不给我寂寞的理由和契机。

爱听我的冷笑话，并且会想出一些小游戏逗我开心。

每一次拥抱都闭上眼睛。

全心全意都用来爱我。

——如果真的有这样一个人。

那么我也会为他，粉身碎骨浑不怕，含笑饮砒霜。

我能活到多少岁。

你又能活到多少岁。

你长到现在，是否已看惯了人世间的喜悲聚散，沉浮若梦。

你是否喜欢一个人发很久的呆。

你是否一直在假装快乐。

是否曾偷偷掉眼泪。

是否心无可恋，是否已不再去想明天。

——你要相信幸福啊，它是一道不灭的微光。

——请你，怀着这样一种憧憬上路。一直，永远。

——在你被击垮时，被伤害时，被欺骗时，被嘲笑时，依然相信，前方或远或近的位置，有一个半圆，正在等着与另一个半圆恰逢其会，遇到一份“不是短暂的冲动和热情爆发出来的爱意”，然后相爱到老。

——我爱你，你便是爱情全部的原因。闭上眼，我看不见自己，但我可以看见你。

如果这份爱的赏味期限是永远。

那么，让我把现场所有的灯都关掉。

我们，心如明镜。

紫堇轩

2010 年 6 月 10 日